小学館文庫

月のスープのつくりかた

麻宮 好

小学館

月のスープのつくりかた

How to make lunar soup

一

今──チャペルのドアがゆっくりと開かれた。

淡い光と滴るような庭園の緑に美月《みつき》は目を細める。首をもたげれば、薄い雲の間から虹色に染まった光が差していた。

階段の両脇には大勢の招待客が新郎新婦を待っていた。

祝福の嵐。その言葉が決して比喩ではないことを美月は生まれて初めて知った。

おめでとう。

綺麗《きれい》だよ、美月。

お幸せにね。

重なり合う声とともに、無数の花びらが舞う。鮮やかなローズピンクの一片が純白のオーガンジーの生地を彩った。

オーダーメイドのウェディングドレスだった。たった一度きりしか着ないのにと美月が躊躇《ちゅうちょ》していると、たった一度きりだからこそ、そうしようと夫は言った。

私のために、たった一日のために、誂《あつら》えられた美しい純白のドレス。

また大きな祝福の声が掛かる。

美月は微笑《ほほえ》みながら夫の腕にしっかりと摑《つか》まる。これから先、嬉《うれ》しいことや楽しいことだけでなく、もしかしたら悲しいことや寂しいことがあるかもしれないけれど、この腕を離さなければ絶対に幸せになれると信じている。

参列者が途切れたところで仰ぎ見ると、最前まで顔を覗《のぞ》かせていた陽《ひ》はちょうど薄い雲の中に隠れていた。

ブーケトスです。女性の方は前へどうぞ。司会者が呼びかける。

夫の腕から手を離して数歩前へ進み出ると、美月は背後に向かってブーケを投げ上げた。なるべく高く、ゆっくりと。誰かに自分と同じ幸せが届きますように。

宙に高く上がった花束が銀色にきらりと光る。

ああ、失敗だと思った。リハーサルでは上手《うま》くいったのに、ブーケは美月目掛けて真っ逆さまに落ちてくる。

慌てて受け止めた瞬間、手のひらにひやりとした痛みが走った。ドレスについたローズピンクの花びらがいつの間にか真紅に変わり、みるみる大きくなっていく。

手の中のものを見て、総身の肌がざわりと冷えた。

それは鈍く光る包丁だった。

心臓が大きな硬い音を立て始める。指先が痺《しび》れ、柄を握る手に冷たい汗が滲《にじ》んでくる。

気づけば、静まり返ったチャペルの庭園には夫も招待客もいなかった。暗く陰った樹木はむっつりと黙り込み、葉ずれの音さえ立てなかった。

夫を呼ぼうとしたが、その名をどうしても思い出せない。すると、耳元で畳み掛けるような甲高い声が響いた。何と言っているのかはわからないけれど、祝福されていないことだけは確かだった。

包丁を捨てて逃げなければ、と思うのに足がすくんで一歩も動けない。

じりじりするような焦燥感に駆られたとき。

遠くで電子音が鳴った——

美月はベッドから跳ね起きた。心臓は高く打ち、皮膚に爪の痕がつくほど右手を固く握り込んでいた。テーブルの上で携帯電話が鳴っているのに気づき、朦朧《もうろう》とした頭でのろのろと手を伸ばした。

(もしもし、美月?)

聞き慣れた優しい声にほっとする。

「あ、北條《ほうじよう》さん、すみません」少し声がかすれた。

（もしかして、まだ寝てた？）

気遣うような声だった。

「いえ、大丈夫です」

ぼうっとした頭に活を入れるべく声に張りを持たせる。その拍子にこめかみが鈍く疼《うず》いた。

（いきなりで悪いんだけどさ、今日、一時間ほど早く来られるかな？）

「ええ、大丈夫ですよ。田代《たしろ》さんの補講ですか？」

火曜日に美月が指導している中学三年生の田代美優《みゆ》は学校を休みがちだ。学校に行かない分、定刻よりも早めの指導を依頼される。アルバイト講師の自分は働けば働くほどお金になるので別段問題はないのだが、依頼はいつも急だった。

（ああ。そうなんだ。いつも悪いな）

「いいえ。働く時間が増えるのはむしろ喜ばしいことですから」

立ち上がって遮光カーテンを開ける。眩《まぶ》しさに思わず目を細めた。初夏の陽が家々の屋根できらきらと跳ねていた。

（助かる。そう言えば、昨日はどうだった？）

「ええ。予定通り、明日から指導することになりました。相手の女の子は、ちょっと厄介そうですけど」

（そっか。じゃあ、詳細は後で聞く。よろしくな）

「はい。よろしくお願いします」

窓を開けて風を入れると、再びベッドに腰を下ろした。シーツが寝汗でじっとりとしていた。思わず溜息《ためいき》が出たのは、シーツが湿っぽいからでも急な業務が入ったからでもない。久しぶりに見た夢が生々しかったからだ。

美月は六畳間からすぐの狭いキッチンへ行き、真新しい小さな冷蔵庫を開けた。紙パックの麦茶と野菜ジュース、それにフルーツヨーグルトしか入っていない。水切り籠に伏せてあるコップを手にし、野菜ジュースを注ぐと一気に飲み干した。胃の腑《ふ》が動き、ようやく頭がはっきりする。

コップを軽くすすぐとシンクに置いた。自炊をしないキッチンはガス台もタイルの壁も全く汚れていない。収納棚には鍋やフライパンはもちろん、包丁もまな板もなかった。冷蔵庫と電子レンジだけの空間は何とも殺風景だが、今の美月にはほっと息がつける。料理に関わるもの、ことに包丁は目にするだけで息が詰まりそうだった。

不快な夢を頭の隅に追いやると、美月はベッドに戻り、携帯電話の画面で時間を確認した。午前十時半になるところだった。こんな早い時間に教室に出ているのかと北條のことを思う。

北條敬《けい》は大学時代、美月が所属していたバドミントンサークルの代表だった。二年先輩の彼は三年前に一流商社を辞めて、麒麟塾《きりんじゅく》という個別指導塾に転職した。商社を退職すると同時に同い年の妻とも別れたそうだ。大学時代は先輩後輩としてそれなりに交流があったが、北條の卒業以来一度も会っていなかった。彼の転職も離婚も二ヶ月前に婚家を飛び出さなければ知ることはなかったかもしれない。

行き先に困った美月が最初に頼ったのは大学時代の親友、畑中奈美《はたなかなみ》だった。結婚し、小さな子どもがいるにもかかわらず、彼女は幾晩か泊めてくれた上に、夫に子どもを預けて一緒に部屋を探してくれた。それが、今住んでいる家賃六万円のアパートだ。

――とりあえず、働かないとね。北條さんなら何とかしてくれるかもよ。小さな塾だけど、塾長になってるって聞いたから。

そう言って奈美は北條の近況を知っていそうな大学時代のサークル仲間に片っ端から連絡を入れてくれた。涙が出るほど有り難かった。

北條は正確には塾長ではなく、一教室の責任者である教室長と呼ばれる立場だったが、十年近くも音信のなかった後輩がいきなり頼って行っても嫌な顔ひとつせず、アルバイトとして雇うことを即決してくれたのだった。

奈美と北條がいなかったら、今頃どこで何をしていただろう。二十九歳の大人だから、それなりに何とかしただろうが、たとえ職を探せても今のような精神的な安定感はなかったと思う。

北條には一時間前と言われたが、もう少し早めに行こうと美月は壁に掛かったスーツを見た。就活用かと思うような黒のスーツは婚家を出てから買ったものだった。何を着ようか考える必要がないし、目立たないのでカラス色のスーツは楽だ。今日は暑そうだからもう上着は必要ないかもしれない。

ベッド下の引き出しから下着とバスタオルを掴み、美月はシャワーを浴びるために浴室へ向かった。


横浜駅前の道を首都高速の方角へ向かう途上、五階建ての雑居ビルの二階に麒麟塾の教室はある。着く頃には背中や脇の下が汗ばみ、上着を置いてきてよかったと美月は思った。

受付の女性に訊《き》くと、北條は一番奥の指導用ブースで仕事をしているという。生徒のいないしんとした教室を奥まで進み、そっと覗くと彼は高校数学の問題を解いていた。美月の気配に気づき、おもむろに顔を上げる。

「あれ、随分早いな」

濃い眉の片方だけが訝《いぶか》るように上がっている。彫りの深い顔立ちと大柄な体格とが相俟《あいま》って、初めて会ったときは少し圧倒された。そんな彼も三十を過ぎ、がっしりした背中や胸の辺りにはやや贅肉《ぜいにく》がついただろうか。十年とはそういう歳月だ。

「ええ、昨日の報告があったので。今、大丈夫ですか」

美月が向かいの席を目で指すと、

「いいよ。座れよ」と北條は問題集を脇に除《よ》けた。「で、厄介なお嬢さんってのは、どんな感じだったんだ？」

「やけに楽しそうですけど」

身を乗り出した姿に美月がわざと眉をひそめると、

「いや、楽しいわけじゃないけどさ、倉橋《くらはし》さんのお嬢さんだから、どんな女の子なのかと思って」

と彼は屈託なく笑う。

美月が昨日訪れたのは、北條が以前勤務していた商社の先輩、倉橋洸一《こういち》の家だった。小学六年生の娘、理穂《りほ》の家庭教師を依頼したいと、直接北條に連絡があったという。

母親が不在のため、しっかりした女性の教師を希望しており、美月に白羽の矢が立ったのだった。

「めちゃくちゃ綺麗ですよ。非の打ち所がないっていうのは、ああいう顔を言うんでしょうね。成績もいいんですもんね」

長い髪をひとつに束ねた美少女は黒々とした瞳に光があり、見るからに賢そうだった。

「そうだな。大手進学塾のテストで偏差値六十後半だって聞いてる。入試までその成績が維持できれば、どこでも受かるだろうな」

「大手の塾をやめたのは、母親が海外に行っているからなんですよね」

「ああ。絵本作家らしいから取材旅行だろうな」

なるほど、と頷《うなず》きながら美月は昨日訪れた倉橋家の広い居間を思い浮かべた。

幼い子どもがいるわりには整理整頓された吹き抜けの室内は、高窓から明るい午後の陽が差し込み、いっそう広々と見えた。焦げ茶色の三人掛けソファに白いテーブル、ベージュのアクセントラグと、落ち着いた色調でまとめられていた。

あの場所で最も光彩を放っていたのは――

白い額縁に入った大きな絵だった。

柔らかな筆致は水彩画だろうか。水色と藤色を淡く塗り重ねた空を背景に、輪郭のぼやけた夕陽が海を金色に染めていた。絵本作家の母親が描いたという絵は思わず溜息が出そうなほど美しかった。

父親の倉橋洸一は背の高い温厚そうな男性だった。銀縁眼鏡をかけた切れ長の目は知的な印象だったが、話し方や仕草にはインテリ然とした嫌味な感じはなかったし、悠太《ゆうた》という小学一年生の息子も可愛《かわい》らしく人懐こかった。

母親の美しい作品は玄関にも飾られていて、まさしく幸福を絵に描いたような明るい家だと美月は思ったのだった。

だが、あの子だけは――

「綺麗で成績優秀でも、理穂ちゃんってものすごくつんけんしてるんです。こっちから挨拶したのに無視されちゃったんですよ。北條さんの知り合いだから安心して行ったのに」

美月がぼやくと、

「それは意外だな。倉橋さんってすげえ腰の低い人だけどな。後輩にも偉そうじゃなくてさ」

北條が太い腕を組む。

「ええ、父親は確かに感じのいい方でした。優しそうだったし。彼女は私のことがよほど気に入らなかったのかな」

「そんなことはないだろう。美月に悪い印象を持つ人間はいないよ」

「その言葉、そのまま北條さんにお返しします」

褒められた照れくささから、美月がおどけて言うと、

「持ち上げても時給は上がらねえぞ」

と北條は朗らかに笑う。

「何だ。褒めて損した」

美月がわざとらしい落胆を言葉に滲ませると、北條は一拍置いた後、

「よかったよ。だいぶ元気になって」

と穏やかな表情で笑んだ。

「はい。色々とご迷惑をおかけしました」

初めて麒麟塾を訪れたときは、さぞひどい顔をしていただろうと思う。

「まあ、あまり思い詰めるなよ。なるようにしかならないから」

北條が軽い調子で励ましてくれたとき、

「北條さん、お電話です」

受付の女性の声で会話が中断された。ごめんな、と北條が席を立つ。

彼が去った途端、ブースが急にがらんとした。大学当時から頼りになる先輩だと思ってはいたが、今、こんなに彼の存在が大きく感じられるのは、美月自身の覚束《おぼつか》なさが原因だろう。

とにかく婚家にはいたくなかった。ことにモデルルームのような美し過ぎるアイランドキッチンから逃れたかった。料理を連想させるものを身の回りから全て排除したかった。

それなのに、よりによってあんな家に家庭教師に行く羽目になるなんて。

倉橋悠太が出してきたものを思い浮かべると今でも気分が悪くなる。

絵本作家だという母親は料理のレシピを綺麗なイラストで表していた。

――どれが食べたい？

差し出された束の一番上はやたらと丸いハンバーグだった。その横に書かれていた文言を見て、美月の心臓はきゅっと縮こまった。

――たまねぎざくざく粗みじん。

ざくざく、という音が包丁の鋭い刃を連想させ、手のひらにじわりと汗が滲んだ。

無邪気な問いかけを無下にはできず、色鮮やかなレシピの中から一枚を適当に選んだものの、イラストを見せる小さな手を思わず払いのけたくなったほどだ。ラタトゥイユ、カレー、唐揚げ、子どもの好きそうなメニューを見せられているうちに、何だか不快な気分になってきたのだ。あんなものを目にしたせいで、ウェディングブーケが包丁に変わるなどという、おぞましい夢を見たのだろう。

それでも悠太はまだ可愛いから許せるが、問題は理穂の態度だ。

美月を見送る際も、父親に言われて渋々玄関まで出てきたが、ぞんざいに頭を下げただけで実に不遜な態度を示した。

ただ、ひとつだけ気になることがあった。美月が辞儀をし、顔を上げたときだった。一瞬だけ理穂と視線が絡み合った。

あの目の色は――

「先生、こんにちは」

遠慮がちな声がして田代美優が顔を覗かせていた。色白の顔に小ぢんまりとした目鼻の彼女はとても可愛らしい。北條の話では学校でいじめられていて、月に半分ほどしか登校できないそうだ。真面目に頑張っている彼女がどうしてそんな目に遭うのだろう。

「あ、こんにちは。ここ使ってるから、あっちのブースに行こうか」

北條の問題集が置かれたままなので美月は別のブースへ美優を誘導する。彼女が定刻よりも一時間ほど早めに来るのは、担当講師が美月になってからだという。実はこの時間の半分は美優の話を聞いて終わる。話している途中でつらくなるのか、涙ぐんでしまうこともあるが、そんな彼女を美月はちょっぴり羨《うらや》ましいと思う。泣いたところで根本的な解決にはならないけれど、涙を流せば多少は心が軽くなる。

「先生、昨日ね――」

既に涙目になっている美優の話を聞きながら、ふと倉橋理穂のことを思い出した。容姿端麗、成績優秀、素敵な両親。あんなに恵まれているのに、なぜあの子は不機嫌そうなのだろう。

そして、一瞬だけだが、なぜ悲しそうに見えたのだろう。

美優の後にもう一人中学生の指導を終えると九時を大幅に過ぎていた。

ブースを出たところで北條に声を掛けられた。

「今日、早く上がれそうなんだけど十分ほど待てる？　飯でも食おうよ」

教室長の彼と退室時間が合うことはあまりない。こうして誘ってくれたのはここで働き始めて二回目だが、肩の凝らない相手と食事ができるのは単純に嬉しい。

「ええ、大丈夫ですよ。じゃあ」

応接スペースで待ってます、と美月は返し、荷物を置いてある小部屋へ戻った。残っているアルバイト講師は美月の他にはいなかった。鞄《かばん》に筆記用具を戻すと、絵本の存在に気づく。昨日倉橋悠太に借りたものだった。

——これ、お母さんの描いた絵本。お母さんはね、美味《おい》しいものをたくさん描きたいんだって。

幸せ家族を見せつけられるようで、絵本なんて読みたくないと思ったのだが、薄茶色のきらきらした瞳を見ると拒むことはできなかった。

ちょうどいい。暇潰しに読むか。美月は受付の横の応接スペースに向かった。小さなソファとガラステーブルが置いてある空間は、保護者に対応するためのものだが、北條の作業場になることも多い。教室長である北條のデスクはむろん受付の奥にあるが、彼はここのほうが居心地がいいらしく、よく書類を広げている。今は奥でパソコンに向かっているから、本部に報告メールでも上げているのかもしれない。

合成皮革のあまり座り心地がいいとは言えないソファに腰を下ろし、美月は鞄から絵本を取り出した。

表紙には柔らかなレモンイエローの満月とスープ皿が描かれている。

作者の名は「くらはし　かな」本名は倉橋佳奈、だと洸一が教えてくれた。

タイトルは――

『おまじないさえ、となえれば』

繰り返し読まれたのだろう、絵本はところどころ擦り切れていた。背表紙のほつれたところを指でなぞると、頭の中に曙光《しょこう》が差したようにぼんやりと絵が浮かぶ。

床に散らばった積み木に柔らかなビニール製の人形。母親の膝で絵本を広げる小さな子どもの姿。甘い匂いと明るい光に包まれた部屋は外の世界とは違うリズムで時が流れる。そこにいるほんの短い間だけ、人は同じことを何遍繰り返しても許される。

ママ、読んで。もう一回読んで。ねえ、もう一回だけ。

耳元で響く声や光溢《あふ》れる穏やかな光景が、近い将来自分に訪れると信じ、思い描いていた世界なのか、幼い頃の記憶なのかわからない。が、不思議な懐かしさに駆られ、美月の手は絵本の表紙をめくっていた。


満月の夜がだいきらい。

おばあちゃんがいなくなった日だから。

心がしくしく痛むから。

ぼくは満月の夜がだいきらい。

藍色に染まった部屋は倉橋家の居間にそっくりだ。悠太に似た栗色の髪の男の子がダイニングテーブルに頬杖《ほおづえ》をついて座っている。

今日もそう。おひさまがしずむとぼくの心はしゅんとする。
耳元でふしぎな声がした。
窓ぎわになべを置いてごらん。
空を見るとみかん色の満月が顔を出していた。
おばあちゃんのなべを窓ぎわに置いてみた。
銀色のなべの中で満月の光がきらきら飛びはねる。
小さな生き物みたいに飛びはねる。

また耳元でふしぎな声がひびく。
おまじないをとなえてごらん。
おまじないなんて知らないよ。

知ってるはずさ。

自分の胸に手を当てて耳をすましてごらん。

知らぬ間に話に引き込まれ、美月の手はページをめくっていた。

蜜柑色《みかんいろ》だった満月がレモンイエローに変わり、ダイニングテーブルが月の光で仄白《ほのじろ》く染まっている。男の子は立ち上がって窓を見ていた。

ぼくはためしに目を閉じて胸に手を当ててみる。

「……………」

ガラスの鈴がころがるような音がした。

目をそうっと開けてみた。

ほら、見てごらん。ふしぎな声が笑う。

なべにはお月さま色のスープがたっぷり入っていた。

飲んでごらん。また声が笑う。

しくしく痛む心がほっこりとした。

飲んでごらん。またまた声が笑う。
おばあちゃんがぼくの前に現れた。

続くページはイラストだけだった。畑でとうもろこしをもいだり、縁側でかき氷を食べたり、緑溢れる庭にホースで水を撒《ま》いたりと、仲睦《なかむつ》まじい祖母と孫の様子が明るい色調で描かれていた。
さらにページを繰ると、倉橋家の居間にそっくりな部屋に戻る。高窓から大きな丸い月が男の子を見下ろしている。

満月の夜がぼくはすき。
おまじないさえ、となえれば。
おいしい月のスープができるから。
おばあちゃんに会えるから。
満月の夜がぼくはだいすき。

ふわりと風が吹いたような気がした。

って立っていた。


「待たせたな。行こうか」

顔を上げると、いつからいたのだろう、書類鞄を提げた北條がにこやかな表情で立っていた。

「早かったですね」

ふわふわした感覚に戸惑いながら慌てて絵本を閉じる。

「それ、何読んでたんだ？」

北條が本を目で指した。

「あ、倉橋家で借りたんです。母親の作品らしくて」

「ちょっと見せて」

美月が立ち上がって渡すと、北條は絵本の表紙を眺め、

「へえ、綺麗な絵だね。おまじないさえ、となえれば――その後は」

どうなるの？　と不意に真面目な顔で美月を見る。

その表情に少したじろぎ、

「えっと、月のスープができるんです」

絵本の文言をそのまま口にする。

「月のスープ？」

「はい、月のスープ」

「それ、どうやって作るんだ？」

北條はなおも問いを重ねる。目は真剣だが口元がひくひく動いているのを見て、からかわれていることに気づく。

「そんなの、わかるはずないですよ」

北條の手から絵本を取り上げ、鞄に仕舞う。

「ごめん、ごめん、何だか真剣に読んでたからさ」

北條がくしゃりと笑う。彫りの深い顔が少年のようになった。

「さ、行きますよ」

美月は先に立ってドアを開けた。

「待てよ。電気を消さなくちゃ」

北條が慌てた様子で消灯し、外に出て鍵を掛ける。

この辺りは予備校や塾が多い。外階段を下りて夜の路上に出ると、大勢の若者が横浜駅へ向かう道を三々五々歩いていた。

六月の夜空にはぼんやりした月が浮かんでいる。絵本の明るい月には遠く及ばない、薄い紙を貼りつけたような白っぽい月だ。現実の味気なさに落胆して人は虚構の世界

に憧れるのだろうか。頼りない月を見て、そんなことを思っていると、

――おまじないさえ、となえれば。

絵本の文言がふと脳裏をよぎる。

美味しい料理が作れて、幸せになれる。そんなおまじないなんて、あるはずがない。

あるんだったら、誰か教えてよ。

胸の中で呟《つぶや》くと美月は夜空の月から目を離した。

「なあ、何食べる?」

横に立つ北條が穏やかな声で訊く。

「月のスープ」

最前からかわれたお返しとばかりに美月が言うと、

「おっし、じゃあ、月のスープがある場所へ連れてってやろう」

北條はにかっと笑い、「鳥福《とりふく》」かな、と焼き鳥屋の名を挙げた。

二

駅から倉橋家までは緑豊かな美しい遊歩道が続く。

横浜駅から電車でおよそ二十分、新興住宅地として再開発の進んだ街は子育て世帯に人気があるという。そう思って駅前のショッピングモールに出入りする若い主婦たちを見ると、街の佇《たたず》まいと同じく、みな身綺麗だ。優しい夫と可愛い子どもに囲まれた、瀟洒《しょうしゃ》な低層マンションでの心地よい暮らしを想像すると、つい溜息が出る。

これで何度目の溜息だろう。今日は朝からずっと気が重い。今はやんだが、午前中いっぱい梅雨の走りの雨がしとしと降っていたし、何より倉橋理穂と上手くやれる自信がなかった。雨を吸い、黒く濡れた遊歩道を倉橋家に向かって足早に歩きながら、一昨日の倉橋洸一の言葉を思い出す。

――申し訳ありませんが、私は次回からおりません。九時前に帰宅するのは難しくて。子どもたちだけになってしまいますが、よろしくお願いします。

要は保育業務もやれってことか、と頭の中の洸一に悪態をつく。反抗期真っ只中《ただなか》の高慢ちきな女子の指導に加え、小一の子どものご機嫌をとらなきゃいけないなんて、全くついてない。

心の中でぼやきながら歩いているうち、アイボリーの門柱の前に着いていた。薄く開いた白い格子門をすり抜け、どっしりした木製のドア前に立ちインターホンを押す。

応答もなくいきなりドアが開いた。

「あ、先生だ」

明るい声で出迎えたのは白いTシャツにオレンジ色の半ズボン姿の悠太だった。薄茶色の目が子犬みたいにきらきらしている。この瞳で見つめられると弱いんだよな、と胸裏で苦笑しながら、お姉ちゃんはいるかな、と訊くと、うん、と頷いて小さな手でベージュのスリッパを出してくれた。落ち着いたカフェオレ色の玄関タイルには、理穂のものらしきデニムの厚底スニーカーと、悠太がたった今脱いだ踵《かかと》のつぶれたマジックテープの運動靴、それと男物の大きなサンダルだけで、母親のものらしき履物はない。

早く来て、と悠太は美月が靴を脱ぐのも待ち切れぬ様子で手を引っ張っていく。

こんにちは、と居間に足を踏み入れた途端、雨上がりの土にも似た匂いに出迎えられた。長方形に切り取られたカウンターの辺りに白い湯気が見え、その向こうから、こんにちはという理穂の無愛想な声が聞こえてくる。挨拶を返してくれるだけましか、と思いながら美月がダイニングテーブルの傍《そば》に立っていると、

「今日はね、これだよ」

と悠太が一枚のイラストを勢いよく両手で差し出した。

たまねぎざくざく粗みじん。

一昨日の文言が甦《よみがえ》り、不快さが背中を這《は》い上る。自分でも情けないと思うが、条件反射のように体と心が反応してしまうのだから仕方ない。

どれどれ、と平静を装いレシピを覗くと、ポークジンジャーだった。

豚ロース肉はお醤油《しょうゆ》の匂いが漂ってきそうなこんがりした色で塗られていて、その横にはきゅうりとにんじんの入った彩り豊かなポテトサラダが添えられている。淡いベージュのポテトはふわふわと柔らかそうだ。

部屋に入ったときに甘い土の匂いがしたのはジャガイモを茹《ゆ》でていたからか。確かにポークジンジャーにはポテトサラダが合うけれど、こうして理穂が夕飯の支度をしているのを見るとほんの少しだけ気の毒に思える。娘は受験生で息子はまだ小学一年生だというのに、母親は長く家を空けることが不安ではないのだろうか。

そんなお節介なことを考えていたら借りた絵本のことを思い出した。

「そうだ。これ、ありがとう。いい絵本ね」

鞄から『おまじないさえ、となえれば』を取り出し、悠太に手渡したとき、

「悠太。先生にお茶出して」

と理穂の不機嫌そうな声がした。一昨日も尖《とが》っていたが今日もなかなかのものだ。

うっかり手を出すと痛い目に遭いそうだ。

姉の指示に素直に頷き、絵本とレシピをテーブルに置いた悠太へ、

「お茶なんていいのよ。気を遣わないで」

と告げたが、彼はコップを両手で包むようにしてそろそろと持って来てくれた。

せっかくだからと腰を下ろして冷えた麦茶を口にすると、思った以上に美味しかった。蒸し暑い中を歩いて来たので、喉がくっつきそうなほど渇いていた。

悠太はソファで寝そべり絵本を読み始めてしまったので、仕方なく理穂が一段落するまで待機することにした。

手持ち無沙汰だが鞄に入っている文庫本を読むわけにもいかない。美月は手帳を開き、意味もなく眺め、意味もなく言葉を書き入れていく。今の自分にはスケジュールなんてあってないようなものだ。月、水は倉橋家での家庭教師。火、木、金、日は教室での個別指導。そんなものはわざわざ書かなくたって頭の中に入っている。気づけば手帳の余白に黒く小さな渦巻きが幾つもできていた。

そうして雨粒がひとしずくずつ落ちるような十五分が過ぎても、理穂はキッチンにこもったきりで一向に姿を現さなかった。そろそろ勉強を始めようかと声を掛けたいが、相手が遊んでいるのではなく夕飯の支度をしていると思えば躊躇してしまう。だが、自分はここに家庭教師に来たのだ。ぼんやりと腰を下ろしている間にも時給は発

生している。そう思うと元来が貧乏性のせいか、いたたまれない気持ちになってきた。あと五分経《た》っても理穂が着席しなかったら声を掛けよう。そう決めたとき。インターホンが鳴った。モニターを確かめもせずに悠太が居間を勢いよく飛び出していく。

開け放したドアの向こうから、海外からのお荷物です、という配達人の声の後に、やった、という甲高い悠太の声が聞こえてきた。

「お姉ちゃん、お母さんからだよ！」

転がるように居間へ戻って来た悠太はソファにぺたんと座り、がさがさと音を立てて包みを開け始めた。

「Tシャツだ。ぼくのとお姉ちゃんの。写真も入ってるよ。おばさんと一緒に写ってるやつだ。お姉ちゃん、見て」

ブルーとピンクのTシャツを広げ、悠太が声を張り上げる。でも、キッチンから返って来るのは硬い包丁の音だけだ。サラダに入れるきゅうりでも刻んでいるのだろうか、十二歳にしては手際のいい音だ。昨日の夢を思い出し、音に責められているような気分になってくる。だが、先にこらえ切れなくなったのは美月ではなく悠太だった。

「ねえ！　お姉ちゃんたら聞いてるの！」

彼はついに立ち上がり、手紙と写真を手にしてカウンター越しに怒鳴った。そのお蔭《かげ》で包丁の音が止《や》み、美月は心からほっとした。

うるさいな、とぶつぶつ言いながら、ようやくキッチンから出てきた理穂はグレーのTシャツにジーンズと、先日同様モノトーンでまとめていた。地味な色が好みなのかもしれないが、母親が選んだピンク色のTシャツも色白の彼女なら似合うだろう。

理穂は手紙を受け取ったものの、さっと目を通しただけで悠太に返し、「あっち行ってらっしゃい」と顎でしゃくるようにして追い払う。その間、こちらへ一顧さえ与えなかった。人を待たせていることを詫びるどころか、最初から美月などいないかのような態度にカチンと来たが、小学生相手に本気で怒るのも大人気《おとなげ》ない。

美月は無理に口角を引き上げるようにして笑みを繕い、

「お母さんは海外からいつ帰っていらっしゃるの？」

キッチンに戻りかけた理穂へ訊《たず》ねた。だが、彼女はこちらも見ずに、

「あなたには関係ないでしょ。単なるカテキョーなんだから」

とこれまで以上に棘《とげ》をたっぷりまぶした言葉を投げつける。

はいはい。確かに私はあなたのお母さんとは何も関係ありません。けれどその言い草はないでしょう。

　喉元まで出掛かった反論の言葉を呑《の》み込むと、極力抑えた声で美月は言った。

「そうね。あなたの言う通り、私は家庭教師でここへ来ているの。だからそろそろ始めたいのだけれど。いいかしら」

　振り返った理穂は一瞬だけ虚を突かれたような表情になったが、すぐに抑揚のない声でテキストを取ってきます、と二階へ上がって行った。

　女ふたりの遣《や》り取りを黙って見ていた悠太は姉の姿が消えると、

「ねえ、先生。これ見て」

と美月へ近づき一枚の写真をそっと差し出した。

　ゴシック様式の建物の前に三十代後半に見える女性が二人並んでいる。どちらが姉弟《きょうだい》の母親なのかは訊くまでもなくすぐにわかった。栗色の長い髪に大きな目をした小柄な女性は理穂によく似ていたからだ。白のダウンジャケットにキャメルカラーのマフラーを巻いている。

「右側がお母さんかな」

「うん。こっちが真紀子《まきこ》おばさん。ベルギーにいるんだよ」

　悠太は嬉しそうに左側のショートヘアの女性を指差した。ふたりはどことなく面差しが似ていた。真紀子おばさんのほうが幾分若く見えるから妹なのかもしれない。写真の場所は、世界で最も美しい広場のひとつと言われるブリュッセルのグラン＝プラスだろう。

「お母さんはベルギーで何の絵本を描いているの？」

「あのね、お菓子とお料理の勉強に行ってるんだって。時々、ベルギーのお菓子も送ってくれるよ」

やはり取材か。ならばひと月かふた月で戻ってくるのだろうか。写真では真冬の格好をしているが、日本と違って四、五月でもまだ寒い日があるのかもしれない。

「お母さんはね、ベルギーでね、月のスープを作ってるんだ」

——それ、どうやって作るんだ？

北條との遣り取りを思い出すと、つい悪戯心《いたずらごころ》が湧き起こり、

「月のスープって、どうやって作るの？」

と訊いていた。悠太は一瞬言葉に詰まったが、

「おまじないを唱えるんだよ。本に書いてあったでしょ」

すべすべの頬を上気させて答えた。

「おまじない、先生に教えてくれる？」

「教えられないんだって。自分で考えるんだよ、ってお母さんが言ってたよ。だから

ね、月のスープはあっちに行ってなさいって言ったじゃん」

「悠太！　あっちに行ってなさいって言ったじゃん」

二階から戻って来た理穂が悠太の話を遮った。

大手塾の名が入ったテキストを乱暴にテーブルに置くと、美月の前にどっかりと腰を下ろす。そんな態度じゃ、せっかくの美貌も台なしだと、美月は心の中でぼやきながら悠太に写真を返した。

姉の勢いに押されたのだろう。悠太はおとなしく引き下がり、ソファに仰向《あおむ》けに寝転がった。母親の写真を手に持って眺めているのがいじらしい。

「さ、先生始めましょう」

理穂は不機嫌な声で言い、仏頂面のままテキストを開いた。壁の時計を見ると、既に五時を廻《まわ》っていた。

それにしても本当に綺麗な子だ。長い睫《まつげ》が頬に影を作るという小説の表現があるが、こうして理穂を見ると、あの大袈裟《おおげさ》な文言もあながち嘘《うそ》ではないと思う。だが、人は持ち過ぎると往々にして謙虚さを忘れてしまうものだ。

このまま行くとこの子も——そう思ったとき、シャーペンを動かす理穂の手に目が留まった。さっきまで水を触っていた指先はささくれができて少しだけ荒れていた。

この手が毎日包丁を握り、野菜や肉を切っているのだと思うと胸が波立った。

「できました」

理穂が不意に顔を上げた。真《ま》っ直《す》ぐな視線に胸の内を読まれそうで狼狽《ろうばい》したが、平静を装い、美月はノートを手に取った。綺麗な文字だがそれだけではない。記された数字はその行程にも過誤がなく、見事に着地を決めていた。スタンダードな問題だが、全問正解というのはなかなかできることではない。この子の基本学力はかなり高い。

「全部丸よ。よくできるね」

思わず真剣に褒めたが、理穂はぶすっとした顔のまま無言でノートを受け取った。何なのだ、この不遜な態度は。生来の気性なのか、それともこちらを怒らせようとわざと突っ掛かっているのかは不明だが、いずれにしても人にものを教わる態度ではない。ささくれた指先を見て少しばかり感傷的になったことを悔やみ、算数ではなく礼儀を、いや、女は愛嬌《あいきょう》ということをわざわざでも教えてやろうかと本気で考えた。

「お姉ちゃん。お腹《なか》すいた」

勉強が一段落したのに気づいたのか、悠太がソファから跳ねるように立ち上がった。だが、時計を見ると終了時刻まで三十分以上もある。腹立たしさを抑え、難度の高いものをもう少し解かせようかと考えていると、

「じゃ、ご飯にしようか。先生もう帰っていいですよ」

と理穂が突き放すように言った。

「でも、まだ——」

「心配しなくても父には言いません。六時半までいたことにしてあげますから。それに、先生だって早く帰りたいでしょ」

あまりの言い様に美月が二の句を継げずにいると、理穂はさっさとテキストを片づけ、キッチンに立った。この子、芯から腐ってる。初日、別れ際にどことなく悲しそうに見えたのは、こちらの勘違いだったのだろう。

悠太は悠太で本当に空腹なのか、先生またね、と屈託なく手を振り、

「ポテトサラダはぼくが混ぜる」

と訪問時の熱烈歓迎ぶりが嘘のようにあっさりとキッチンに入ってしまった。

我に返れば火のような怒りが沸々と湧き上がってくる。

もう帰っていいですよ、だと。六時半までいたことにしてあげますから、だと。人に何かをして貰《もら》ったら、ありがとうございましたと言うのを知らないのか。

腹立ち紛れに筆記用具を勢いよく鞄にぶち込むと、それじゃ帰りますから、と美月はカウンターの向こうへ声を掛けた。だが、返って来たのは冷蔵庫を閉める無機質な

音だけだった。その後に、りんごも入れるんだね、と悠太のやけにはしゃいだ声が続く。

確かママ特製のイラストレシピにはこう注釈があった。

♪♪　ポークジンジャー。しょうがだけじゃなくりんごのすりおろしも入れるべし。残ったりんごは刻んでポテトサラダに。ふわふわ、しゃくしゃく。ポテトとりんごの相性ばっちり。

何が相性ばっちりだ。

何がポークジンジャーだ。

焼き過ぎて焦がしてしまえ。

胸の中で子どもじみた呪いの言葉を吐きながら倉橋家の居間を出た。

青みを残した夕方の空には刷毛で掃いたような薄い雲がかかっていた。駅舎の前で立ち止まり、美月はしばし逡巡《しゅんじゅん》した。

このままアパートに帰るか、それとも麒麟塾へ行こうか。

麒麟塾へ戻っても、今の時間、北條は指導に追われている。落ち着いて話ができるのは九時半以降になるだろう。だが、北條に今日のことを報告しなくてはいけない。終了時刻の前に追い返されたという屈辱的な事実の他に、倉橋家で見たものが胸のあちこちでわだかまっていた。ベルギーに滞在する料理上手な母親。だが、そのせいでキッチンに立たねばならない理穂の姿。小学生とは思えないテンポのいい包丁の音。シャーペンを持つ少し荒れた手。几帳面《きちょうめん》で綺麗なノートと不遜な態度。そんな諸々《もろもろ》のものが上手く混じり合わずに苛々《いらいら》していた。

だが、報告にかこつけ、北條と話してすっきりしたいだけなのかもしれない。

昨夜の食事中、彼が口にするのは他愛もない大学時代のことばかりだった。美月が練習熱心だったとか、誰某《だれそれ》の近況だとか、今度ＯＢ会があるから久しぶりにバドをしようとか、美月の心の傷に触れないように、北條が敢《あ》えてそういう話題を選んでいるのが伝わってきた。それが心地よくて、あっという間に時間が過ぎたのだった。

でも、あと三時間以上もどうやって時間をつぶそう。カフェで本でも読むか。デパートで買い物をするか。それとも映画を観るか。何をするにしてもお金が掛かると考えている自分に気づき、嫌になる。アパートの敷金礼金に加え、寝具や細々《こまごま》としたものを買ったせいで随分散財してしまった。家庭教師と個別指導のアルバイトではどう頑張ったところで月に二十万円が関の山で、家賃の六万円と光熱費を引けば、贅沢《ぜいたく》できないことは自明である。

それに――連日、付き合わせるなんてさすがに厚かましい。北條に疎ましいと思われたら、経済的にも精神的にも困ってしまう。

やはり報告は明日にしよう。美月はそう決めると重い足取りで駅舎へ入った。


自宅最寄り駅に着いても、まだ外は明るかった。だが、越して来たばかりの馴染《なじ》みのない街に気軽に入れる店は少ない。

商店街にある書店を覗こうかと思ったが、結局、帰宅途中にいつも寄るコンビニに入った。近頃は慣れたが、当初は毎日コンビニへ行くことに躊躇《ためら》いがあった。しょっちゅう顔を出すこの女は侘《わび》しい独り暮らしを送っているんだろう。自意識過剰だが、店員にそう思われているのではないかと気になった。

ことに頻繁にお弁当を買うことに抵抗があった。誰に迷惑を掛けているわけでもなく、むしろ店に貢献しているのになぜだろうと思っていたが、日が経つにつれ、気づいた。それは、大人の女が全く料理をしないことに対する後ろめたさなのだと。

だが、料理をしたくないわけではない。したくてもできないのだ。

胸の中で言い訳をし、お弁当の棚へ直行した。近頃のコンビニのお弁当は美味しいけれど、毎日食べていたらやはり飽きる。大きめの野菜がたっぷり入ったお味噌汁《みそしる》を口にしたいと思うこともあるが今の自分には無理だ。結局、美月はレンジで温めるだけの親子丼とひじきの煮物をカゴに入れた。

明日の朝食を選ぶためにパンの棚へ行くと、よく見かける若い女性がいる。いつもTシャツにジーンズ姿の彼女は恐らく学生だろう。さり気なくカゴに目をやると、一リットルの紙パック入りの麦茶、レンジで温めるだけのミートソースパスタが入っている。同類だとほっとしたのも束《つか》の間《ま》、すぐに打ち消したのは彼女と自分との年齢差に思い至ったからだ。明らかに二十歳前後と思《おぼ》しき彼女に比べ、こちらは二十九歳、離婚間近の疲弊した女だ。いくら何でも同類にしたら失礼だ。

美月はメロンパンに手を伸ばし、デザート売り場でフルーツヨーグルトをカゴに入れるとレジを待つ列に並んだ。前に立っているのはやたらと手足の長い高校生らしき男の子で、妬《ねた》ましくなるほど綺麗な手は週刊少年誌を無造作に摑んでいる。

ふと我に返った。コンビニにいる若い客と自分とを引き比べ、何をしているのだろう。こわごわ胸底を覗くと、不恰好《ぶかっこう》な焦燥感が横たわっていた。

三十路《みそじ》を目前にして味わう人生初めての大きな挫折かもしれなかった。三十を過ぎれば、あっという間に四十になり、五十になるような気がしてしまう。独身になることを考えた途端、年齢に囚《とら》われるなんて愚かだとわかっていても、身の覚束なさが不安をかき立て、焦らせる。

友人を思い浮かべるとその思いはいっそう強くなる。結婚して子を産んでいる者、外資系企業でバリバリ働いている者、転職を考えている者。そんな彼女たちの将来の図は何となく思い描くことができるのに、自分の一年後、二年後は想像もつかない。

離婚後、一生ひとりで生きていくことを想定し、きちんと就職しなくてはいけないと漠然と思うだけで、自分が何をしたいのか、いや、何ができるのかわからない。

何のためにあんなに必死に勉強し、大学へ行き、就職したのだろう。

明日への不安に慄《おのの》き、人を羨み、自らを嘆くために私は頑張ってきたわけじゃない。

「次の方、どうぞ」

ぶっきらぼうな店員の声がし、前に進む。

千円で少しおつりが来るくらいの金額になった。今の収入を考えたら高い買い物だと思うけれど仕方がない。

出そうになった溜息を呑み下し、レジ袋を店員から受け取った。

外に出た途端、六月の温《ぬる》く湿った夜気が肌に絡みつく。手を繋《つな》いだ若いカップルが美月を押しのけるようにして店へと入って行った。ねえ、アイス食べたい、とべたつく女の甘え声が耳に残る。

そう言えば、今日は初めての結婚記念日だった。

美月は他人事《ひとごと》のように思い、ゆっくりと首をもたげる。さっき見た雲は、思い切り手で引き伸ばしたように広がり、初夏の空に薄く蓋をしていた。

明日はまた雨になるかもしれない。一年前はどんな天気だっただろう。幸福の絶頂にあったはずなのに、結婚式の日のことは靄《もや》がかかったようにぼんやりしている。

代わりに思い浮かんだのは、七年前、大学卒業後に高坂俊平《こうさかしゅんぺい》と再会した日のことだった。

三

「斉藤《さいとう》？」

会議室での新人研修が終わり、美月が廊下に出たときだった。自分を呼ぶ声に振り向くと大学時代同じサークルだった二年上の先輩、高坂俊平が立っていた。

「ああ、やっぱりそうだ。斉藤美月だろう？　元気そうだね」

同じ銀行に就職したことは知っていたが、まさか同じ支店になるとは思っていなかったので驚いた。

「俊平先輩だ。嘘みたい」

頬が火照《ほて》り、声が上ずる。大学時代、個人的に声を掛けられたことなどなかった。二歳下の目立たない後輩なんて彼の視界に入っていなかっただろう。だから、こうして名を覚えていてくれただけで嬉しかった。

「二年ぶりだけど、斉藤は全然変わってないね」

俊平が穏やかな表情で笑う。

「そうですか。先輩もお元気そうですね」

すらりとした長身に端整な顔立ちは大学時代と変わらないが、身ごなしは社会人になっていっそう洗練されたように感じられる。シンプルな紺のスーツも彼が着ていると特別なものに見えてくるから不思議だった。

「慣れるまで大変だろうけど頑張って。今度飯でも行こうな」

そんな言葉を残して同僚と去って行った。

「お知り合いなの？」

隣にいた青山《あおやま》という女子が美月の腕をつつく。モデル並みのスタイルに派手な美貌の彼女は同期の中でも断然目立っていた。父親は弁護士で神戸出身のお嬢様だと囁《ささや》かれているが、上品な雰囲気を見るとあながち嘘ではなさそうだ。

「大学のサークルの先輩なの」

「ふうん。素敵な人ね」

青山は目を細め、エレベーター前で同僚と談笑する俊平を見ていた。ふと、大学時代の情景が思い浮かんだ。キャンパス内で時折見かけた彼の隣にいたのは、青山のような綺麗で垢抜《あかぬ》けた女子だった。青山と俊平が並んで歩く姿が一瞬脳裏をよぎり、ぼんやりとした既視感に囚われる。

「斉藤さん、あの人のこと、好きなの？」

青山が黒々とした大きな目でこちらを見つめていた。迫力ある美貌に気圧《けお》されながら、苦笑を浮かべて答える。

「まさか。そもそも私と先輩とじゃ、釣り合わないもの」

「そんなことないよ。斉藤さん、可愛いじゃない」

青山はにっこりと笑った。その〝可愛い〟は上から見下ろす者の言い方だった。だが、不思議と腹が立たなかったのは、悪意が感じられなかったからだろう。悪意など生まれようもない。そもそも青山と自分とは住む世界が違うのだから。

彼女の美しい顔を見ているうちに、ふと銀のスプーンという言葉が思い浮かんだ。容姿も富も知性も、世の中には人が羨む全てのものを兼ね備えて生まれてくる人間が確かにいるのだ。

青山だけではない。高坂俊平も同じカテゴリーの人間だ。だから自分のことなんか何とも思っていない。さっきの食事の誘いも社交辞令だ。胸にそう言い聞かせた。

その後、美月は営業に配属された。

人当たりがいいので顧客に受けがいいだろうという上司の弁だった。果たして自分に営業などできるだろうか。そんな不安に囚われたものの最初は入行して五年目の男性行員についていくだけだったので、思ったより苦労はしなかった。

美月の回る地域は駅に近い新興住宅地ではなく、家の周囲にぽつぽつと田畑が点在する、どこかしら土の匂いのするような町だった。定年を迎えて悠々自適な暮らしを送る老夫婦、地元でアパート経営をしている初老の男、夫亡き後、広い家を持て余している老女など。顧客は圧倒的に年配者が多かった。

上司の弁が腑に落ちたのはそれから半年ほど経った頃だ。

訪ねると顧客の多くは満面の笑みで出迎え、美月をもてなしてくれた。斉藤さんのために買いに行ったのよ、と和菓子やケーキを出してくれる様子は久しぶりに会う娘や孫を迎えるようだった。そんな人たちへ強引に商品を売り込む必要などない。

　息子さんはお元気ですか。

　そう言えばお孫さんはもうすぐ小学生ですね。

　時折そんな言葉を掛けてやれば、彼らは満足げに頷いて、前回の訪問時にしたのと同じ愚痴や自慢話を始める。後は、適当に相槌《あいづち》を打っていれば時が過ぎる。たったそれだけで百万円くらいの定期は簡単に売れた。こうして足繁く顧客を訪問しているうちに、美月は新入社員の中で抜群の営業成績を上げていた。

　この調子で経験を積み、いずれ大口の顧客相手に営業できるようになればいい。人並みに恋愛に憧れる気持ちもあったが、数字としてはっきりと結果の表れる仕事のほうが楽しかった。何よりも人に頼りにされていると思えば毎日に張りが出た。

　今度飯でも行こうな。時折取り出しては胸の内で甘く転がしていた俊平の言葉を、美月はいつの間にか封印していた。

　入行から一年半が過ぎた頃だ。美月は恵理《えり》と亜矢《あや》という同僚と食事へ行った。肩の凝らない雰囲気と何より値段が手頃なので、仕事帰りに時折寄る店だった。

「青山さん、高坂さんと付き合ってるらしいよ」

恵理がさり気なく洩《も》らした言葉が美月の胸に深々と突き刺さった。

予感はあった。新人研修の日、俊平と青山が並んでいる絵を美月は無意識に思い浮かべていた。でも、胸が灼《や》けるような思いにならなかったのは、そもそもあのふたりと自分とは違うとわかっていたからだ。

職場で会う俊平は優しかった。時間があれば仕事の近況を訊いてくれたし、話せなくてもにこやかに笑ってくれた。でも、それは青山が可愛いと言ってくれたのと同じ種類のものだ。別の世界から境界線を越えずに差し伸べられる優しさだ。

だから、分をわきまえ、過剰な期待はしないようにしたつもりだったのに。

ずきずきした胸の痛みを押し隠しながら、美月はゴルゴンゾーラチーズのパスタを口に運んだ。

「うっそー。何だかショック。世の中、結局美男美女がくっつくってことじゃん」

亜矢が形のよい眉をひそめた。俊平に気もないくせに、しかも自分だって美女の範《はん》疇《ちゅう》に入るくせに、何がショックなんだろうと美月は鼻白む。

「それって本当のことなの」

フォークにパスタが上手く絡まず苛々しながら美月は訊ねた。

「たぶんね。青山さんが自分で言ってたもの。すごいよね。自分からべらべら喋《しゃべ》るんだから」

仏頂面で答え、恵理はトマトソースのパスタを口に運んだ。不機嫌そうな表情は青山への嫉妬か。いや、もしかしたら恵理も俊平に憧れる気持ちがあったのかもしれない。同類相憐《あいあわ》れむ。そんな言葉を思い浮かべながら美月はようやくフォークに巻きついたパスタを口にする。

「でもさ、やっぱお似合いだよね」

亜矢がしたり顔で頷いた後、言った。

「残念だったねぇ、美月」

口調はおどけていたが、目は笑っていない。首根がかっと熱くなった。屈辱と怒りをこらえ、美月は明るく亜矢へ返す。

「ほんと、すっごく残念」

言いながら口元が不自然に引きつるのがわかった。中途半端な道化は傍《はた》から見れば痛々しさしかない。にこやかに、にこやかに。そう思えば思うほど顔が強張《こわば》った。

俊平の話はそこで終わったが、濃厚なはずのゴルゴンゾーラチーズのソースは全く味がしなくなった。ただ乳くさくて油っぽいだけのパスタを咀嚼《そしゃく》しながら、美月は身の縮むような恥ずかしさに耐えていた。目の前の二人が他愛ないお喋りで笑う度に、こちらを見る度に、こう言っているような気がした。

あんたみたいな平凡な女が高坂さんと付き合おうなんて勘違いもいいところだよ。

先ほどの亜矢の表情ではっきりと悟った。少なくとも女子行員はみな知っているのだ。営業先から戻るとすぐさま美月が俊平の姿を探していることを。視線に気づいた俊平が笑みを返す度に、ぽうっとした顔で舞い上がっていることを。

身の程知らず。

そんなことは誰に言われなくても自分自身が一番よくわかっている。

でも、自分でそう思うのと人にそう思われるのは違う。天と地ほども違う。

明日からどんな顔をして仕事に行けばいいのかわからなかった。できればずっと外回りをしていたい。いつも優しい顧客たちと、自分を決して傷つけない穏やかな老人たちと他愛のない会話を交わしていたい。痛いほどにそう思った。

俊平が都内の支店へ異動になったのはそれから半年後のことだ。

寂しい反面、ほっとした。高嶺の花とわかっていても、それが見えるところにあれば手を伸ばしたくなる。だが、どれほど美しい花でもそれが視界から消えれば、人は忘れてしまうものだ。いや、忘れたいと思った。

ところが、異動からしばらくして、俊平から突然連絡があった。例の社交辞令から二年以上が経っていただろうか。

「今になってどういう風の吹き回しですか」

待ち合わせをした川崎のカフェで会うなり美月は口にした。嬉しいはずが、どうしてそんなねじれた言い方をしてしまったのかわからなかった。

でも、俊平は社交辞令のことなどきれいさっぱり忘れていたのだろう、全く意に介さない様子で、

「異動したばっかりで色々あってさ」

いきなり仕事の不満を口にした。

青山とは異動後、すぐに別れたと風聞で知っていた。愚痴をこぼし、一時の寂しさを埋める相手であったとしても、数多《あまた》いる女の中から俊平は自分を選んでくれたのだ。入行以来自分で勝手に作った二年の空白がたった一日で薔薇色《ばらいろ》に染められた気がした。

その後、俊平とは月に一、二度会って食事をするようになった。彼の背後に女性の影が見え隠れすると、その度に会うのをやめようと思い、でも、誘われれば舞い上がって結局会いに行ってしまう。その繰り返しだった。

一方で美月も同僚の男性に交際を申し込まれたが、迷った末に断ったのは俊平に未

練があったからだろう。諦めているつもりで諦めていない。優柔不断な自分に嫌気が差すこともあった。

初めて食事に誘われてから一年が経つ頃。川崎駅に向かう途上だった。夜十一時近かっただろうか。大通りから一本外れた人の少ない路地で俊平が足を止めた。

「おれたち、ちゃんと付き合おうよ」

真面目な口調だった。

「私なんかでいいんですか」

嬉しいはずなのに、口から飛び出したのは我ながら嫌になるほど卑屈な言葉だった。何と愚かなことを言ってしまったのか。その気がないと思われたらどうするのだ。そんな後悔がすぐさま胸を灼いた。

何言ってるんだよ、と俊平は明るく笑い飛ばした後、

「他の誰でもない。美月がいいんだ」

人気《ひとけ》のない夜の路上でそっと抱きしめてくれた。

驚きと嬉しさで息が詰まり、泣きそうになる。

長い長い片思いの日々は、まさしくこの瞬間のためにあったのだ。

俊平と恋人になって変わったこと。会うのが仕事帰りではなく週末になった。映画や買い物に行くと、ああ、これがデートなのだと美月は感激し、その度に幸福を噛《か》みしめた。

ことに彼と買い物をするのは楽しかった。ややもすると卑屈になりがちな美月に「美月は可愛いんだからもっと自信を持ちなよ」と洋服を一緒に選んでくれた。彼の選ぶものを身につけると確かに垢抜けて見える気がしたし、店員にも俊平にも褒められるのは満更でもなかった。

だが、見た目と違ってどうしても変えられないものがある。

父親は文科省の官僚、母親は料理研究家兼大学の客員教授、世田谷生まれの世田谷育ちという俊平のプロフィールが時折頭をかすめ、憂鬱になった。群馬の高崎に住む自分の家族は悲しいくらいに平凡で、父親は市役所勤務、母親は農協のパート職員、五つ下の妹は信用金庫の受付業務といった具合だった。自分の家族を恥じるわけではないが、先方と無意識に比べてしまったことは確かだ。比べた時点で、とうに恥じているのかもしれないけれど。

両親に会って欲しいんだ。

その日は美月の想像よりずっと早く来た。それでも交際を始めてから二年以上が経っていただろうか。

なるべく清楚《せいそ》に見えるように、好感を持ってもらえるように、と身に纏《まと》ったパフスリーブの白いワンピースはこの日のためにと俊平が選んでくれたものだった。

駅舎の出口に立つと蟬《せみ》の鳴き声が鬱陶しいほど耳に纏わりついた。やけに蒸し暑い夏の午後だった。

「美月」

晴れやかな声に視線を移すと、路面に立つ陽炎《かげろう》の向こうで俊平が手を振っていた。緊張で汗ばむ手を振り返し、日向《ひなた》に一歩出る。灼けるような陽がうなじを差し、髪をアップにしてきたことを悔やんだが、

「へえ、今日の髪型いいじゃん」

その一言で吹き飛んだ。

「おかしくない？」

「大丈夫だよ。似合ってる。ワンピースもいいね」

「俊平先輩のお見立てですから」

おどけた口調で返すと、

「いやいや、着ている人がいいからだよ」

と俊平が目を細めた。

美月の頬は自然と緩む。幸福な色で胸が満たされていくのがわかった。

「ここなんだ」

彼の家は駅から歩いて十五分ほどの距離だった。白い壁の瀟洒な一戸建ては新しくはないが、近隣の家に比べどっしりした佇まいがあった。

玄関の先には驚くほどゆったりとした居間が広がっていた。

モデルルームみたいだ。そう感じたのは、御影石《みかげいし》でできたカウンター付きのアイランドキッチンがあまりにも綺麗だったからだろう。南向きの開放的なテラス窓の傍には大きなダイニングテーブル、西側の壁には黒い革張りのソファが置かれており、そこに俊平の両親が座っていた。

「いらっしゃい」

母親の鏡子《きょうこ》がしなやかな身ごなしで近づいてくる。肩までの長さのつややかな黒髪、上質そうな麻の白シャツとブルーグレーのパンツ姿は若々しく、五十代半ばと聞いているが、四十代前半にしか見えない。服装も笑みも話し方も彼女の全てがこの居間に馴染んでいた。

「初めまして。斉藤美月です」

気後れしながらも丁寧に頭を下げる。

「かしこまらなくていいのよ」

さ、どうぞ、と鏡子はソファを指し示す。父親の啓吾《けいご》は一人用のソファに腰掛け、にこやかに笑っている。ロマンスグレーという言葉はこの人のためにあるのではないかと美月は思った。半白の髪は豊かで適度にウェーブがかかっており、俊平によく似た端整な眉目には知性が溢れていた。

「失礼致します」

勧められるままに俊平と並んで革張りのソファに浅く座る。手も足も自分のものではないみたいに強張っていた。

「本当は娘が欲しかったからお嫁さんが来てくれて嬉しいの。一緒に買い物に行っても男の子なんてつまらないのよ」

冷えた紅茶を出しながら鏡子は笑う。その手は染みひとつなくほっそりと美しかった。

「じゃあ、今度の休みに美月を連れて銀座にでも行ってきたらいいじゃないか」

母親の冗談に俊平が調子を合わせる。

「そうね。美月さん、お嫌じゃなかったら一緒に行きましょう。秋物が欲しかったからいっぱい買っちゃおう」

姑《しゅうとめ》は意地悪なもの。そんな固定観念を吹き飛ばすような優しくたおやかな笑みに美月の緊張はほぐれていく。

だが、続く啓吾の言葉に緩んでいた頬が強張った。

「二世帯でも部屋は充分あるし、実の娘のように気兼ねなく暮らせばいいよ」

思わず隣に座る俊平の顔を見たが、穏やかな表情で父親に相槌を打っていた。一人だけスツールに腰を下ろした鏡子も「そうね」と嬉しそうに頷いている。

どういうこと？

まさかその場で俊平に訊くわけにはいかず、美月は曖昧に微笑んだ。

夕食後、俊平は駅まで送ると言った。昼間の炙《あぶ》るような暑さは引いていたが、熱と湿気を孕《はら》んだ厚ぼったい夜気が街全体をすっぽりと覆っていた。

「同居の話なんて聞いてなかった」

責める口調にならないように苦心した。

「ごめん」と俊平は謝ったが、その口調はどこか軽かった。

どうして今すぐに同居しなくちゃいけないのか。都内のどこかにマンションでも借りればいいじゃないか。湧き起こる不満を美月が言葉にできずにいると俊平が言い訳がましい口ぶりで告げた。

「おふくろがさ、同居したいって言うんだよ。あの広い家に夫婦二人は嫌だって」

息子を手放したくない母親。いつまでも自分の傍に置いて可愛がりたい母親。世の中にはそういう母親がいることはもちろん知っている。だが、鏡子はそんなふうには見えなかった。男の子なんてつまらないと言っていたし、俊平をべたべた扱う感じでもなかった。

大丈夫。あの人たちなら大丈夫。それに、俊平に転勤があれば、別居するきっかけになるかもしれないし。美月は自らにそう言い聞かせた。

「わかった。でも、子どもができるまでは仕事を続けてもいいでしょ」

同居は呑もう。でも、仕事は辞めたくない。

「いや。結婚したら辞めて欲しい」

思いがけずきっぱりとした答えが返ってきた。言葉を失う美月に構わず、母親の強い意向なのだと俊平は補足し、先を続ける。

「料理をきちんとできるようになって欲しいんだってさ。子どもを真っ当に育てるには母親が料理ができないといけないって。あの人の持論なんだ」

そういうことか、と腑に落ちた。自分はあの家の嫁として恥ずかしくないように鍛えられるのだ。そのための同居なのだ。

でも、だからと言って――

反論しようと将来の夫を見上げた。街灯に照らされた彼の横顔は硬く強張って見え、美月は喉元までせり上がっていた言葉を呑み込んだ。代わりに今日出された料理を頭の中に思い浮かべる。

――美月さんが好きだって俊平に聞いたからイタリア料理にしてみたの。遠慮しないで食べてちょうだいね。

鏡子はにこやかに微笑んで美しいアイランドキッチンから魔法のように料理を出してきた。牛肉のカルパッチョには薄く削ったパルメザンチーズとトリュフが載せられ、マリネにしたパプリカとズッキーニは絶妙な角度で重ねてあった。ほうれん草を練りこんだ美しいグリーンのリングイネは鏡子自ら麺を打ったという。まるでアートを見るようなひと皿ひと皿に美月は感嘆したのだった。

もし、ああいうものを求められているのだとしたら。あれがきちんと料理をすることなのだとしたら。仕事なんてやっている場合ではない。

でも、でも、やっぱり今すぐに仕事を辞めるのは惜しい。

美月の内側で頭をもたげるそんな思いを、

「子どもが手を離れたら再就職すればいいじゃないか。営業って言ったって、相手は土地持ちの爺《じい》さん婆《ばあ》さんだろ。美月が辞めたって誰も困らないさ」

俊平が明るい口調で捻《ね》じ伏せる。

美月が辞めたって誰も困らない。

その言い草に釈然としないものを感じた。俊平という人間に対して初めて覚えた違和感だった。

自分が辞めたらどうなるのだろうと美月は歩きながら考えてみる。

斉藤さん、斉藤さん、ケーキ買っておいたよ。

息子が部長に昇進してねぇ。

孫が小学生になるんですよ。いまどきのランドセルは色がたくさんあってね。ピンク色が欲しいって。

顧客の嬉々《きき》とした表情と言葉が頭の中を行き来する。確かに彼らは美月の訪問を喜んでいた。だが、本当に美月でなければ駄目だったのだろうか。

まあ、その若さで部長さんなんてすばらしい。

可愛いお孫さんですね。

薄っぺらな自分の言葉が頭の中をひらひらと飛び交った。

美月の言葉に実《じつ》がないことなど、あの人たちは見抜いているのかもしれない。じゃあ、なぜ自分が訪ねるとあれほど喜ぶのか。なぜ百万、二百万を簡単に預けてくれるのか。彼らは誰かと話したいだけなのだ。人生の終盤に差し掛かり、やたらと目立つようになった一日の空白を埋めてくれるのなら誰でもいいのだ。もしかしたら美月の顔が他の人間に差し替えられても気づかないかもしれない。

料理のこと、仕事のこと、様々なことを考えているうちに駅に着いていた。美月は最前抱《いだ》いた微《かす》かな違和感に蓋をし、駅舎の前で俊平を見上げて宣言するように言った。

「そうね。私が銀行を辞めても誰も困らないよね」

「ああ。けど、おれは美月がいないと困る」

駅舎から洩れる灯りで白く浮かび上がった俊平の笑顔を見ながら、美月はかつて彼に言われた言葉を思い返していた。

――他の誰でもない。美月がいいんだ。

私を必要としているのは俊平なんだ。私は俊平に愛されているんだ。だから俊平のためにいい嫁になろう。料理もがんばろう。

「ありがとう。ご両親によろしくね」

「こちらこそ、今日は来てくれてありがとう」

楽しかったよ。最後の言葉は闇に紛れた。気づいたら俊平の腕の中にいた。

他の誰でもない。美月がいいんだ。

幸福になるためのおまじないのように、美月は胸の中で何度も同じ言葉を甦らせた。

四

今日、土曜日は週に一度の休日だ。美月はTシャツにジーンズという軽装で倉橋家のある街へ行くために電車に乗った。水曜日に覗いたショップのシャツが気に入って買いたかったのだ。

ほとんど身ひとつで婚家を出てしまったので下着すらまともにない有様だった。もう少し着るものを持って出てくればよかったとか、冬になったらセーターやコートも揃《そろ》えなくてはいけないとか、そんなことを考えながら駅舎を出ると、平日とは違う光景が広がっていた。芝生の広場で駆け回る幼い子どもらを見守っているのは若い父親たちだった。

唐突に胸がちりちりと音を立てる。美月は幸せそうな父子から目を逸《そ》らして、ショッピングモールへ向かった。

自転車がずらりと並ぶ、モールの入り口手前に差し掛かったときだ。

「理穂じゃん」

背後で甲高い女の子の声が耳朶《じだ》を打った。

振り向くと見覚えのある華奢《きゃしゃ》な後ろ姿があった。理穂に話しかけているのは同級生らしき少女ふたりで、大きなリュックを背負っているから塾へ向かう途中なのかもしれない。リュックの厚みからすると、既に中身はいっぱいのようだが、帰りは今日配られるテキストやプリントでさらにぱんぱんに膨らむのだろう。

「今から塾なの？」

理穂の低い声がした。盗み聞きするようで後ろめたいが少し気になる。彼女がこちらに背中を向けているのをいいことに、自転車の傍に人待ち顔で立ち、少女たちの会話に耳を傾けた。

「うん。電車に乗る前にさ、フードコートで何か食べて行こうと思って」

色の白いぽっちゃりしたほうが答えた。デニムのスカートから覗く足がやけに太い。目はくりっとしているが、いわゆる団子鼻で口もぽってりしているから全体的に暑苦しい印象だ。

「ねえ。夏期講習も来ないの。先生が言ってたよ。夏で差がつくって」

もう一人は対照的に狐《きつね》のように吊《つ》り上がった目だ。こちらは裾にレースの付いた淡いピンク色のスカートから牛蒡《ごぼう》みたいな足が伸びている。どうしてこういう子に限って砂糖菓子のような甘い服を好むのだろう。理穂のような子なら似合いそうだが、当の彼女は今日もグレーのTシャツに細身のジーンズと至ってシンプルだ。飾り気のない格好でも、さまになってしまうのが綺麗な子の特権だけれど。

「うん。塾になんかもう行かない」

尖った声は美月の胸にすら、ぐさぐさ刺さるほどだった。だが、目前の少女ふたりは鈍感なのか、理穂の語調など意に介さない。そうなんだ、と抑揚のない言葉を同時に吐いた後、何が可笑《おか》しいのか顔を見合わせてくつくつ笑っている。

「けどさ、もったいないよねぇ。あんなに成績がよかったのに。ねえ、沙希《さき》ちゃん」

ぽっちゃり顔が横を見て同意を求めると、

「そうそう。あの成績ならどんな学校でも行けたじゃん。もったいないよねぇ」

と沙希と呼ばれた少女は吊り上がった目を眇《すが》めるようにして答えた。

もったいない。その言葉がざらりとした感触を伴って美月の胸に流れ込んだ。

成績がよかった。どんな学校でも行けた。あの子の受験はまだ終わってないから。〝もったいない〟って言葉はね、価値のあるものが無駄になるのを惜しむときに使うんだ。だから理穂に使うのは間違ってるよ。

美月は狐目の少女に詰め寄り、声高《こわだか》に正したかった。たかが子どもの他愛ないお喋りがなぜこれほど不快で腹立たしいのかわからない。

「あたし、急いでるから」

彼女たちとの会話を断ち切り、理穂がこちらを向いた。美月は咄嗟《とっさ》にスニーカーの紐《ひも》を結び直すふりをして屈《かが》んだ。スーツ姿ではないし髪も下ろしているから、たぶん気づかれることはないだろう、とひやひやしているうちに、理穂は駆け足でモールへと去って行った。

「何あれ、感じ悪い」

狐目の甲高い声がして美月はゆっくりと体勢を戻す。さり気なく見た二人の少女の顔はとても醜かった。元々の造作の問題ではない。眉も目も鼻も頬も唇も歪《ゆが》んでいるからそう見えるのだ。悪口を言う人間特有の顔。それは大人も子どもも男も女も変わらない。こういう表情を見てしまうと、子どもは純粋だなんて嘘だと思う。

「ほんと。ちょっと顔も頭もいいからってさ。むかつくよね」

続くぽっちゃり少女の言葉を耳にし、最前から感じている不快の種が胸にぽとりと落ちた。

ふたりは銀のスプーンをくわえて生まれてきた理穂を心から妬んでいるのだ。中学受験をするということは、彼女たちもそれなりに豊かな家に生まれたのだろうが、容姿も知性も理穂には敵《かな》わない。だから、理穂が塾をやめたのが嬉しくて仕方ない。もっと言えば、塾をやめたついでに受験もやめてくれないかと願っているのかもしれなかった。

私は彼女たちを通して自らの姿を見ているようで嫌だったのだ。駅前で幸福そうな父子の姿を見たときのちりちりした胸の感触。妬み、嫉《そね》み。それは人の感情の中で最も厄介で、抑えるのが難しい。

十二歳の彼女たちと二十九歳の自分。少しの分別があるかないかの違いだけで、根っこに抱えているものは一緒だ。欲しがっても詮ないものを欲しがるあまり、人を平気で貶《おとし》め傷つける。一歩間違えれば自分もそうなりかねないと思うとぞっとした。

「そうそう。家庭教師つけたって聞いたけどさ、塾に来なきゃ、受験なんか無理だよね」

うん、無理だよねぇ。

十二歳の少女とは思えないほど粘ついた声だった。

美月は胸の中に大量の砂をばら撒かれたような気分になり、ついでに何かを蹴りたくなった。

「倉橋理穂が大手塾をやめた本当の理由？」

入り口からすぐの小さな応接スペースで北條が作業の手を止めて視線を向けた。生徒の要望に合わせて適切な講師を振り分けるのか、テーブルには夏期講習の申込書が束になって置かれていた。人手が足りないというのが近頃の彼の口癖だ。

「ええ。母親が不在だとは聞いていますが、それ以外に何か理由があるんじゃないかと思って」

腰を下ろせば長話になってしまうと思い、美月は立ったまま言葉を継いだ。日曜日の今日は平日より一時間ほど早く終わるので、まだ夜の八時を廻ったところだ。他の講師は退室し、残っているのは美月だけだった。

「倉橋さんからは特に何も聞いてないけどな。最初におまえに伝えた通りだよ。妻がしばらく海外に行っているので息子を夜一人にはしておけないって」

「そうですか」

昨日の様子から、いじめが原因で理穂は塾をやめたのではないかと思ったのだ。だが、仮にそうだったとして、気の強い彼女があんな少女たちのいじめに屈するだろうか。大手塾なら校舎を移るという手だってある。

「何かあったのか」

訝り顔で問われたが、少女たちの会話を盗み聞きした疚《やま》しさが美月の唇に封をした。それに小学生とはいえ女の醜い内面を男の北條に告げるのも躊躇われる。いや、自分の暗い内面を覗き込むようで嫌になる。

「実はあまり心を開いてもらえないんです。何より報告すべき重要なことがあった。

理穂に早く追い返されたことを打ち明けた。木、金曜日は北條が忙しそうで声を掛けられず、結局今日になってしまったのだった。

「まあ、反抗期というか、色々微妙な年頃だよな。だが、続くようだとまずいな。金のことじゃなくて、成績が下がったらってことだ。あの位置にいる子が上がるのは難しいが下がるのは簡単だ。そう言えば、今日は模試だったな。一週間後には結果が届くだろうから、それが悪ければ少し強硬な態度に出ていいぞ」

北條は眉根を寄せて言った。

「強硬な、ですか」

「倉橋さんからはびしびし鍛えてくれ、と言われているし、こちらは二時間ということで契約してるんだ。確かに向こうは客だけど、まだ小学生の子どもだ。それほどへいこらする必要はない。大人として、いけないことはいけないときちんと伝えなきゃ。それで先方がやめたいと言うなら仕方ない」

「本当に強気に出てもいいんですか」

「それでおまえをクビにはしないよ。何しろ人手が足りないんだからな」

陳腐な喩《たと》えだが猫の手も借りたいくらいだ、と北條はがっしりした肩をすくめた。

雇われているという意識からつい下手に出ていたが、こうして教室長のお許しを得たからにはもう少しはっきりものを言える。そんな安堵《あんど》からか、

「私は猫の手ですか」

冗談めいた言葉が美月の口からすらりと出た。

「ああ。スーパー役に立つ猫の手だけどな。優秀でかつ週六日入れる講師なんてそういるもんじゃない」

北條は美月の手を見て笑う。

「じゃあ、スーパー役に立つ猫の手でそれもお手伝いしましょうか」

テーブルに広げられた書類を目で指すと、

「有り難い。今からこれをひとりでやると思うとうんざりしてたんだ。だが、その前に」

腹ごしらえしよう、と北條は書類をそのままに立ち上がった。

教室の奥には小さな流しがついていて、その横のキッチンラックには電子レンジと電気ポットが置かれている。

「カップ麺でいいよな」

北條は流しの上の収納棚からカップ麺をふたつ取り出した。

「えーっ。カップ麺ですか」

美月が大仰に眉をひそめると、

「とっておきの新製品だぞ。ほら、焦がし味噌だ。美味《うま》そうだろ。嫌ならおれが全部食う」

と、これもまたわざとらしく仏頂面を作る。

「嘘です、嘘です。有り難くいただきます」

「よし。じゃあ、おにぎりを買ってきてくれたら許してやる」

腰に手を当て、胸を反らした北條の姿に美月はつい吹き出した。

「わかりました。いくつ買ってきましょうか」

「食い過ぎると眠くなるからひとつでいいや、できれば――」

「先輩の好きなおにぎり、当ててみましょうか」

美月が北條の言葉を剽《ひょう》げた口ぶりで遮ると、

「当てたらおにぎりはおれの奢《おご》りにしよう」

少年のような無邪気な顔になる。

「明太子」

にっこり笑って答えると、へぇ、と北條は意外そうな顔をした。

「どうしてそんなこと知ってるんだ」

「だって、練習の前や後にいつも食べてましたもん。コンビニで売り切れだと、よく文句言ってたじゃないですか」

そんな小さなことをどうして覚えているんだろうと我ながら不思議に思う。

「おれ、そんなに文句言ってたかな」

カップ麺を手にしたまま、北條は大きな目を柔らかくたわめた。

コンビニは麒麟塾の目と鼻の先にあった。入り口の前では女子高校生四人がアイスクリームを片手に何が可笑しいのか笑い転げていた。

店内に入るとやはり予備校生や塾帰りの高校生の姿が目についた。若い客が多いからかどことなく明るく開放的な印象だ。だが、自宅近くのコンビニに入るときの窮屈さがないのは店の雰囲気だけではないだろう。いつもと同じおにぎりを買うのでも、それが二人分というだけで気持ちが随分違うのだ。

美月が教室に戻ると、真剣な顔で書類に目を通していた北條は、ありがとうな、と相好《そうごう》を崩した。彫りの深い顔だから真面目な顔をしているときと笑ったときの落差が大きい。改めてそんなことを思いながら、

「お茶はこれでよかったですか」

美月が袋からペットボトルの緑茶を出すと、

「おう。おにぎりといい、お茶といい、おれの好みをよく知ってるな。さすが後輩。褒めてつかわそう」

と北條は笑顔のまま腰を浮かせた。

「私がやりますから」

先輩は座っててください、と美月は慌ててそれを押しとどめた。

流しに行き、ポットのスイッチを再沸騰にする。カップ麺のビニール包装を破り、紙蓋を半分まで剝がしてお湯を注ぎ入れた後、ふと姑の鏡子はこういうものを食べた

ことがあるのだろうかと思った。大学で客員教授として栄養学を教え、料理研究家として料理本も出している鏡子の口癖は、母親がきちんと料理をすれば子はまともに育つ、というものだ。

鏡子はインスタントのものを絶対に使わなかった。和食を作るときは高級昆布とかつおぶしで出汁《だし》を取っていたし、野菜は有機農法で作られたものをわざわざ取り寄せていた。それが鏡子の言う〝きちんと〟ということなら、美月はもちろんのこと、美月の母もきちんと料理をしていないということになるのだろう。

土曜日の昼に母がいないとき、美月と妹はレトルトのカレーやカップ麺をよく食べた。平日、パートから帰って来た母はインスタント出汁で手際よく味噌汁を作ったが、ジャガイモやカボチャ、玉ねぎなどが入った具だくさんの味噌汁は野菜の旨味《うまみ》が溶け込んでほんのり優しい味になった。時々近所のお肉屋さんで揚げたてのコロッケを買って帰ることもあった。空腹の身にほかほかとあったかいコロッケは叫びたいほど美味しかった。

どんなに美味しくても〝きちんと〟していないと駄目なのだろうか。インスタント食品やレトルト食品や出来合いの惣菜《そうざい》を食べて育った自分はまともじゃないのだろうか。

だから、結婚生活が上手くいかなかったのだろうか。

「どうした。遅いけど大丈夫か」

北條の声がして我に返る。知らぬ間に涙が出ていることに気づき、美月は慌てて顔を背けた。素早く指先で拭い、代わりに笑みを貼り付ける。

「ごめんなさい。ぼうっとしてて、少し伸びちゃいました」

声に明るさを纏わせ、にこやかにカップ麺を渡したつもりが、口元が引きつっているのが自分でもわかった。

北條は一瞬困ったような顔をしたが、

「しょうがない、可愛い後輩だ。許してやろう」

と笑いながら肩をすくめ、先に流しの傍を離れた。

気づかぬふりをしてくれたのだ。大学時代と変わらぬ優しさを示してくれる北條に感謝しながら、美月は自分のカップ麺を持って後に続いた。

指導用ブースで教師と生徒のように向かい合って食べることにした。カップ麺を手にして腰を下ろすと、生徒が残した鉛筆と紙の匂いが焦がし味噌の匂いに追いやられた。お腹がくうと鳴る。

「お、伸びてる割には美味いよ。さすがだね」

北條はカップ麺を大袈裟に褒め、

「褒められてるのは私じゃないですよね」

とおどけた口調で美月も合わせる。

「いや、褒めてますとも。美月さんがお湯を入れてくれたお蔭で一味違う」

「そうですか。では、次回も麺は柔らかめでようございますか」

「うむ。よきにはからえ、と言いたいところだが、次回はバリカタで」

北條は朗らかに笑うと豪快に麺をすすった。

重く沈んでいた心が軽くなり、美月も麺を勢いよくすすった。時間を置き過ぎて少しふやけた麺だけれど、ひとりで食べるときより数倍美味しく感じる。冷めかけたスープがお腹の底までじんわりと沁《し》みる。瞼《まぶた》の裏が熱くなり、慌てておにぎりを頬張ると、明太子の塊に当たって少し塩辛かった。

「あのさ」

北條の声色が少し変わった。

美月は塩辛い塊をお茶で流し込む。何でしょう、と言葉を発する前に、

「ナベのこと、覚えてるか」

と北條は唐突に訊いた。

「ああ、渡辺《わたなべ》先輩ですか」

「そうだ。ほら、夏の合宿でさ、宿舎からナベがいなくなったことがあったろう。酔っ払ってさ」

夏合宿。ナベさん。記憶の引き出しをまさぐると、細い糸の端はすぐ指先に触れた。入学して一年目の千葉での夏合宿だ。体育館を借りて練習もするが、半分は親睦を深めるのが目的だ。男性部員は羽目を外してみな酔っ払う。そんな中、三年の渡辺がひとりでふらりと出て行ったきり、いつになっても宿舎に戻って来ないことに誰かが気づいた。失恋直後でヤケ酒気味だったこともみな知っていた。

──あいつ、泣き上戸なんだよ。ほっとけ、ほっとけ。浜辺で感傷に浸ってるだけだ。酔いが醒《さ》めたらじきに帰ってくるだろ。

大方の男子部員はそんなふうに言っていたような気がする。

「思い出したか。あのときさ、みんなはほっとけって言ったろう。けど、おまえは心配だから見てくるって言ったんだ。みんなが止めてるのにさ」

そうだった。何だか胸がざわざわしたのだ。まるで内側で草の葉が音を立てて揺れているみたいな感じだった。だから居ても立ってもいられなかった。

「それで北條さんがついて来てくれたんですよね」

「ああ。奈美が一緒についていくって言ったけど、一年生の女の子二人で探しに行かせるわけにいかないだろう。だから、おれと副代の平松《ひらまつ》がついていった」

表に出るとほんのりと明るい月夜だった。砂浜は灰白く染まっており、湿った海風が肌に心地よかった。ただ、空と一体化したような広い海は少し恐ろしく、波の音がする度に黒々とした空間へさらわれそうな気がし、美月は奈美の腕に摑まって歩いた。北條と平松も口数が少なく、どこまで行っても渡辺には会えないのではないかと不安になったのを覚えている。

そうして夜の浜を四人で歩いていると、猫のように丸くなり鼾《いびき》をかいている渡辺を見つけたのだった。

心配させやがって。平松が背中を蹴ると渡辺は飛び起きたが、すぐには事情が呑み込めなかったらしくぽかんとしていた。右頰を砂まみれにした男の間抜け面を見て奈美と美月は大笑いをし、平松はぷりぷり怒り、北條は呆《あき》れた。

渡辺が無事でほっとしたせいだろうか、黒い海に引きずりこまれそうな恐怖は去っていた。少し高い波音も耳に心地よく、夜空を見上げれば月は明るさを増し、青白い星々が無数にきらめいていた。

指先に引っ掛かった記憶の糸は思いのほか美しい綾《あや》となって美月の前に立ち現れた。

「そんな昔のこと、よく覚えてますね」

懐かしさと心地よさと恥ずかしさの入り混じった気持ちで言う。

「ああ、他にも色々と覚えてるよ。いつも率先してシャトル拾いしてただろう。コートに入るのも必ず最後だった。こいつはとろいのか、と思ったけど、練習が終わってモップ掛けするのはやたらと速くてさ、必ず一番に用具室に入っていった。ああ、気を遣ってるんだってわかった」

面映《おもはゆ》いような、いや、後ろめたいような気がして正面から北條の顔を見られない。

一年生の頃は、体育館のどこにいて、どんな顔をしていたらいいのかわからなかった。都会生まれの洗練された同級生や先輩たちの中で、自分だけが田舎者のような気がして心が縮こまっていただけだ。何もしないでいたら余計に息苦しいから、シャトルを拾い、モップを掛けた。だから、みんなのために動いていたわけじゃない。全部自分のためだ。自分の居場所を無理やり作るためだ。

「たいしたことじゃありません。先輩が代表のとき、私は一年生でしたし」

俯《うつむ》いたまま言った。

「いや、一年生でも何もしないやつもたくさんいたよ。体育会じゃないから、その辺は厳しくしなくていいと思ってたけどな。でも、おまえ、嫌な顔ひとつせず雑用をやってただろう。三年の男子から結構人気があったんだ」

真面目な口ぶりだった。だが、恐らく落ち込んでいる美月を励ますためにかなり脚色した話だろう。実際、三年の先輩に言い寄られたことなど一度もない。それでも、何人かの顔を思い浮かべてみる。

もしあの頃に、いや、銀行時代に戻れたら別の人を好きになりたい。俊平のような見た目だけの男ではなく、地味でも誠実で中身のある男を。そうすれば、今頃はもっと幸せな暮らしを送っていたかもしれない。優しい夫と可愛い子どもに恵まれた、ありふれてはいるけれど穏やかで平和な暮らしを。

だが、と思い直す。時を巻き戻すということは、幼く愚かな自分へ戻るということではないのか。だとしたら何度過去へ戻っても、馬鹿な自分はまた俊平を選んでしまうのではないか。同じことを繰り返し、こうしてうじうじと思い悩むのではないか。

矢庭《やにわ》に心が音を立ててしぼんでいくのがわかった。

なあ、と少し硬い声で呼ばれた。視線の先に怒ったような北條の顔があった。

「失敗しているおれが言ってもあまり説得力がないけどな、夫婦が上手くいかないのはおまえひとりのせいじゃない。だから思い詰めるな」

一気に言うと、北條は残りの麺をすすり、おにぎりを口に放り込んだ。

「さ、仕事するか」

その声は平素の調子に戻っている。

「はい。すぐに片づけます」

美月が慌てておにぎりを頬張ると、喉に詰まらせるなよ、と北條は笑い、スープまで綺麗に飲み切ったラーメンの容器を持つと立ち上がった。

明太子味のご飯を飲み込みながら美月は不思議なことに思い当たった。北條の好きなおにぎりは覚えているのに、俊平がよく食べていたおにぎりは思い出せないのだ。

どうしてだろうと腑に落ちぬまま、底にスープの残ったラーメンのカップを持って立ち上がる。途端に味噌の濃い匂いが夜の海の匂いと重なり、胸が小さく波立った。

微かな波が当たる胸の内側は痛いような心地よいような不思議な感触だった。

五

（で、夜の教室で、先輩とカップ麺を食べたってことね）

受話器の向こうで奈美の眠そうな声がした。

「うん。久しぶりに楽しかった」

ベッドに腰を下ろすと美月は言った。既に十一時を廻っていたが、懐かしさからつい電話をしてしまったのだ。

（千葉の海か、懐かしいね。ナベさんの件で、あたしたち仲よくなったし）

「そうね。でも、奈美は何となく近寄り難かったな。綺麗で大人っぽかったから。あのとき、あたしも行くよ、って言ってくれて、すごく驚いた」

横浜出身の奈美は美人で洗練されているが、他の女子のように群れておらず、かと言ってひとりでいることを苦にはしていない。そんな泰然としたところが格好よすぎて、自分のような垢抜けない人間と仲よくしてくれるとは思わなかった。

（あんたの発言に女子はみんなドン引きだったからね。だからあたしだけでも味方してやんなきゃって思ったのよ。まあ、男子の間ではあんたの株は上がったけどね）

「そんなことないよ。女子にドン引きされたんなら男子だって引いたでしょ」

（そこがさ、男どもの甘いところよ。何の見返りもないのに、しょうもない男を案じて探しに行くなんて、何て心優しい子なんだろうって。しかも、あんた色白で結構可愛かったし。北條さんだってそう思ったから思い出話をしたんでしょう。そもそも男は女と違って思考回路が単純だからね）

「なんかさ、褒められている気がしないんだけど」

(最初から褒めてないもの。美月はよくも悪くもいい子すぎるのよ)

いい子すぎる。大学時代から奈美に何度注意され、何度ひやりとしただろう。渡辺がいなくなったとき、酔っ払って海に落ちたらどうしようと考え、居ても立ってもいられなくなったことは確かだ。だが、心の底から渡辺を心配していたかと問われればそうではないように思う。もしも彼に万一のことが起きたとき、探しに行かなかったことを後悔し、そんな自分が嫌になる。だからみんなに止められても引かなかったのだ。後々自分にも周囲にも言い訳をしないために。

そういう意味ではシャトル拾いや片付けと同じ。誰かのためじゃなくて自分のため、何もしないでいる息苦しさから自分が解放されるためなのかもしれなかった。

「いい子なんかじゃないよ」

痛い所を突かれてつい美月の語気は強くなる。

(子どもみたいに怒らないでよ。あたしは心配してるの。今度のことも同じ。無理にいい嫁になろうとしたからいけなかったのよ。それで苦しくなっちゃったんでしょ)

奈美の言葉がまた胸にちくりと刺さった。

俊平と結婚するとき、確かにいい嫁になろうと思った。俊平のためと言いながらあれも実は自分自身のためではなかったか。

（まあ、あんまり深刻に考えちゃダメよ。なるようにしかならないから。ただ、美月がいい子になろうとすればするほど、それをよく思わない人間もいるのよ。大学時代の女どもも息子を溺愛している姑も根っこは一緒。結局、人間、特に女っていうのはさ、自分より綺麗なものを見ると妬ましくて仕方ないの。さすがにあんたも二十九にもなればわかるでしょ）

狐目とぽっちゃり少女の歪んだ顔が甦った。自分もどこかであんな顔をしていなかっただろうか。

嫉妬の卵。つつかれて転がった拍子に殻が破れ、墨のように黒々とした中身が滲み出してしまう。女なら、いや人間ならば誰もが内に抱えているとわかっていても、自分の中にそんな醜く厄介なものがあることを認めるのはつらかった。

「そうだけどさ――」

会話の合間に子どもの泣き声が割り込んだ。ごめん、起きちゃった、と言った後、奈美は電話を切った。

嫌なところで会話が途切れ、後味の悪さを感じながらベッドに寝転がった途端、手の中の電話が再び振動した。

実家の母からだった。身を起こして渋々電話に出る。

（美月。無理しないでこっちに帰ってきたらどう）

開口一番母は言った。またか、と内心舌打ちする。心配してくれるのは有り難いが、三日にあげず掛かってくる電話にはいささか辟易《へきえき》していた。

「でも、この間も言ったけど就職しちゃったから。知り合いに頼んで雇ってもらったんだもん、今さら放り出すなんて無責任なことできないでしょう」

数日前と同じ台詞《せりふ》を繰り返すと、

（就職って言ったってアルバイトじゃないの。曲がりなりにも何年かは大手銀行にいたんだから、こっちで信用金庫にでも勤めたらどう。お父さんが知り合いに頼んでもいいって言ってるから）

母の声が高くなる。アルバイトと言われると反論できず、今さら実家に帰ってどうするの、という言葉が喉の辺りで萎《しぼ》んでいく。

（こっちに戻ってくれれば、先方だって諦めるでしょうよ。あんたがぐずぐずそっちにいるから、向こうも期待するんでしょうが）

こっち、そっちと母はさらに強い語調でまくし立て、萎みかけた美月の言葉をぺしゃんこに押し潰す。

（今だから言うけど、お母さんは結婚に反対だったのよ。けど、お父さんが美月の意思を尊重してやれって言ったから――)

「わかってるって。あんな家と親戚になるのが嫌だったんでしょう。けど、もう赤の他人になるんだからいいじゃない」

延々と続きそうな母の愚痴を美月は強引に捻じ伏せた。続く言葉は想像できた。

あんなお高くとまった姑とあんたが上手くいくはずがなかったのよ。

お中元だって、たいして美味しくもないくせに高級そうな桐箱《きりばこ》に入ったお菓子でね。野菜を送ったって礼の電話一本寄越《よこ》さないし。

「ごめん。今日は疲れてるから切るね。離婚が決まったら、連絡するから」

美月は母との電話を切ると、溜息をついて再びベッドに寝転んだ。

本当は自分だって心の隅ではずっと気づいていたのだ。自分とあの家が不釣り合いだということに。でも、気づかないふりをした。銀のスプーンを手に入れたいと思った。

お金も知性も容貌も、人が羨むものを全て兼ね備えて生まれてきた青山のような女に少しでも近づきたい。いや、近づけると勘違いしてしまったのだ。恐らく母はそんな娘の愚かさをちゃんとわかっていたのだろう。

釣り合わぬは不縁の基。

あの日、母の頭をよぎったのはそんな古い言葉ではなかったか。

俊平との結婚が決まり、両家が初めて銀座の中華料理店で顔を合わせた日のことが思い起こされる。

＊

空が秋の色を仄めかす頃だった。その日、東京駅で両親と妹の由真《ゆま》を出迎えた美月の胸は重い落胆で覆われた。

由真はともかく、父母が銀座の街から浮くのは想像できたからだ。子どもの入学式にでも着るような母の紺色のスーツや小柄で貧相な父の容貌もそうだが、何より喋り方が気になった。ややもすると怒っているかのように聞こえかねない、語尾の跳ね上がるアクセントが耳に執拗《しつよう》に纏わりついて仕方ない。故郷の聞き慣れた言葉のはずなのに、それは不快なだけで美月に少しも優しくはなかった。

八重洲口からタクシーに乗り、家族とともに銀座に向かった。平日の昼間とあって日本橋の辺りはサラリーマンの姿が目立つ。車窓から見る往来の人々は誰もがせかせかとして、大きなビルの下では思いの外ちっぽけに見えた。

「すごい人だねぇ」

驚きに満ちた母の言葉を聞きながら、美月は東京に出てきたばかりの頃の苦い記憶を辿《たど》っていた。

大学の入学式以来、親しく話すようになった二人の女子は東京出身で、顔は十人並みだったが着ている物はセンスがよく、どことなく垢抜けた雰囲気を纏っていた。そんな彼女たちが会話中にいきなりくすくすと笑い出すことがあった。最初は何を笑われているのかわからず、わけを訊ねても、別に、と笑うだけで教えてくれなかった。だが、そのうちに自分の話し方が可笑しいのだということに気づいた。標準語を話しているつもりでも語尾のアクセントが微妙に違ったのだろう。そうとわかった後は、彼女たちが笑う度に胸の柔らかな部分が硬く毛羽立ったものでざわりとこすられ、小さな傷がついた。自然と口数が少なくなり、いつしか聞き役に回っていた。やがて一緒にいるのが苦痛になり、バドミントンサークルに入ったのをきっかけに彼女たちとは離れたのだった。

実家の父母を高坂の両親に会わせれば、あのときのように笑われるのではないか。不意にそんな不安に囚われた。車窓から外を見ると、街路樹の葉が初秋の透徹な光を弾《はじ》いている。おめでたい日にふさわしいよく晴れた日なのに、美月の心は雨催《あめもよ》いの空のようにどんよりとしていた。

店で出迎えた鏡子は淡いベージュのシャツに茶色の巻きスカート、それにパールのネックレスを着けていた。シャツもスカートも一目で高級品とわかる。スーツではないところにむしろセンスのよさが感じられ、母が着ている季節外れの〝入学式スーツ〟が余計に野暮ったく見えた。

個室での会食が始まり、母が気を遣って皿に料理を取り分けようとした。

「これから親戚になるんですもの。お気遣いないよう」

鏡子がそれをやんわりと制し、たおやかに微笑んだ。

お気遣いないよう? だったらむしろ中華料理などではなくホテルの和食か何かにするべきではなかったか。カジュアルと見せてその実、銀座という場所を選んだことに他意を感じ、美月の心は波立った。

優しく上品に見えるこの姑は実は恐ろしく意地の悪い人間ではないだろうか。

胸底から湧いてくる黒い不安に蓋をして、美月は座が少しでも和むように精一杯の笑顔を振り撒いた。

「ここのシェフとは知り合いなんです。今日はお祝いの席なので、特別にデザートを作ってくださるみたいですわ」

洗練された微笑が却《かえ》って父と母の居場所を窮屈にする。母はぎこちなく笑い返した後、隣で石像のように動かぬ父のために緊張した手つきでひたすら料理を取っていた。そんな両親を見る美月の心も強張っていく。気まずい沈黙が座に広がる。話など弾むはずがなかった。そもそも共通の話題などないのだ。

仕方なく鏡子が由真に話しかけた。

「妹さんはどこへお勤めですか」

「信用金庫です」

顎までのさらさらボブヘアに薄いメイク、シンプルなブラウンのワンピースを着た妹は両親と違って格好も受け答えも自然体だ。二十二歳だが童顔なので高校生と言っても通りそうだ。

「あら、そうですか。大学は地元だったんですか？」

「ええ。短大です。姉と違ってあまり勉強ができませんでしたから」

由真はさらりとした口調で、でも相手の感情を害さないようににこやかに返した。由真へ話を振ってくれたのは正直有り難い。機転が利くので父や母よりも上手く話を合わせてくれるだろう。美月は胸を撫《な》で下ろした。

「お姉さんは昔から優秀だったのかしら」

「ええ、とても。私にとっては自慢の姉です。色々と比べられて少し窮屈なこともありましたけど。五つも上なのに中学の先生は姉のことをよく覚えていて、何かある度にお姉ちゃんは優秀だったんだぞって言うんです」

由真の率直な言葉に鏡子の頰が緩み、父と母もほっとしたように笑う。もしこの場に由真がいなかったら。通夜のような食事会を想像し、ぞっとした。

「姉妹っていいよな。美月、たくさん子どもを作ろうな」

俊平の言葉にさらに座が和む。

たくさんって、どれくらい？　美月の舌もなめらかになる。そうだな、野球チームが作れるくらい、とありふれた冗談が返ってくる。それじゃ、庭をつぶして部屋を建て増ししなくちゃ、と珍しく啓吾もおどけて笑う。

子どもの話題はいい。誰も気を遣わずに済むし、誰も傷つけない。九人はとても無理だけど二人は欲しいねと美月も言う。そして口には出さずに心の中だけで思う。子どもができればあの家で自分だけが他人ではなくなる気がする。私と俊平の子ども。女の子でも男の子でも可愛らしい子が生まれるだろう。お稽古事は何にしよう。ピアノ、英語、それとも、小学校受験をさせようか。何年も先のことまで想像しながら美月の頰もひとりでに緩む。

ようやく和んだ座の雰囲気を壊したのは鏡子のやけに真剣な口調だった。

「そうそう。私、美月さんにひとつだけ注文があるんです」

緩んでいた父母の表情は何事かと引き締まり、美月は甘やかな想像から現実に引き戻された。

「仕事は辞めて家で子どもをしっかり育てて欲しいんです。ことに料理は大事です。近頃は朝食も作らない母親が増えたとかで。だから子どもの心が病んでしまうんです」

鏡子はどこかで誰かが言ったような言葉を真面目な顔で力説し、父も母も箸を動かす手を止めて神妙な表情でそれを聞いていた。しばらくは鏡子の子育て談義が続く。さっきまで冗談を言っていたのに、啓吾は黙々と食事を続けている。

喉の辺りに何かがつかえたような感じがあった。

今日は祝いの席だと最初に鏡子は言った。特別なデザートを頼んでいるとも。

誰の祝いか。

むろん俊平と私。いや、両家にとっての慶事だ。

だが、鏡子だけが喋り続ける。講演でもするように滔々《とうとう》と。

食事は大事。子どもを育てる上で一番大事。

確かに真っ当な意見だ。正しく美しい論理だ。

だが、今この場で声を大にして力説されるべきことなのだろうか。

洗練された優しい姑。

初対面のときに描いた人物像から目前の鏡子が少しずつはみ出していく。失敗した水彩画のように黒く滲んでいく。

アワビとチンゲンサイのクリーム煮を食べながら、そんなことを考えていると、

「ねえ。美月さん。そうでしょう」

唇に美しい笑みを象《かたど》ったまま、鏡子が同意を求めた。

「ええ、そうですね。おっしゃる通りだと思います」

優等生の答えを返しながらアワビの硬さが気になった。銀座にあるというだけで、この程度の料理でも法外な金額を取るのだ。完全には嚙み切れないアワビの欠片《かけら》と一緒に美月は鏡子への違和感も強引に呑み込んだ。

代わりに、友人から聞いたひどい話を胸の奥から無理やり引っ張り出してみる。

母の日にさくらんぼを贈ったの。果物が好きだって言うから。けど、さくらんぼなんて高いだけで美味しくないのにって言われちゃった。ありがとうの一言もないのよ。

孫はあたしが育てるって姑が言うの。あたしは子どもを二人も東大に入れたのよ、

だからあたしに任せなさいって。幼児教育だの、小学校受験だの、うるさくて仕方ないったらありゃしない。

姑は意地悪で傲慢なもの。

そんな話は幾らでも自分の周りに転がっている。いささかの尾ひれがついているかもしれないが全くの嘘ではないだろう。それでもみんな何とか折り合いをつけて姑とやっている。夫と子を愛しているからだ。

だからこんな独演会くらい、たいしたことではない。最初に自分が描いた鏡子像が美し過ぎたのだ。どんな人間でも欠点はある。鏡子は姑として許容範囲だ。

何より自分は俊平を愛している。そして俊平もこう言ってくれたではないか。

——他の誰でもない。美月がいいんだ。

そうだ。俊平は私でなくては駄目なんだ。私を愛してくれているんだ。

美月はひたすら自分に言い聞かせる。鏡子の話に相槌を打ちながら何遍も言い聞かせる。

せる。そうこうしているうちにデザートが運ばれてきた。やたらと色鮮やかな苺《いちご》と巨峰が載っているだけで、それは何てことのない杏仁豆腐《あんにん》だった。

結局、座は鏡子の子育て論に終始した。多少の違和感と窮屈感はあったが、道すがら案じていたようなことは起こらず、双方の家族を交えた初めての会食は終わった。

店を出て挨拶を交わした後、夕方五時の新幹線に乗るという両親と妹をタクシーに乗せようとしたときだった。

「家に着くのは、七時過ぎになるだんべ」

店ではほとんど喋らなかった父が腕時計を見ながらふと言葉を洩らした。一拍遅れて、美月の背後で鏡子がくすりと笑った。

他意はなかったのかもしれない。でも、美月の心臓はぎゅっと縮こまり、頬がかっと熱を持った。父母にこの場を早く立ち去って欲しいと思い、そんなふうに思う自分を吐き気がするほど嫌悪した。

幸い、父と母は鏡子の笑い声には気づかないようだった。穏やかな表情で車に乗り込む両親に安堵した瞬間、美月はぎくりとした。先に乗車し、こちらを見ていた妹の顔には明らかに不快な色が浮かんでいた。

美月は動揺に蓋をし、開いている車のドア越しに声を掛けた。

「わざわざ来てくれてありがとう。気をつけて帰ってね」

精一杯の笑みを貼り付け、優等生の娘を演じる。

「こちらこそ、ありがとうね」

にこやかに笑う両親の向こうで、由真だけが窓の外を見ていた。

＊

不意にアパートの隣室で女の高笑いが聞こえ、美月は現実に引き戻された。

どうやら友人が遊びに来ているようだ。安普請だから壁越しに声が聞こえるのは仕方ないが、何だかわずらわしい。美月は半身を起こし、暑いけれど窓を閉めた。倒れるようにしてベッドに寝転がると、白っぽい蛍光灯の下で埃《ほこり》が舞うのが見えた。

あの日、妹は父母を恥ずかしく思う姉の卑しさを見抜き、苦々しく思っていたのではないか。いや、もっと言えば、分不相応な結婚をするために無理をしていた姉を心の底では嘲笑《あざわら》っていたのかもしれない。

離婚話が進捗《しんちょく》しない今、美月が実家に帰りたくないのはそれもあるのだ。由真は幼い頃から聡《さと》い子だった。五つも離れているのに、美月は妹に心の中を見透かされているように感じ、居心地の悪いことがあった。だが、意地悪なのではなく繊細で優しいだけなのだ。だから周囲の人間の気持ちに気づいてしまう。

その妹は、来春、勤務先の信用金庫で出会った男性との結婚が決まっている。優しい彼女は、不幸な姉に気を遣い、自分の幸せを家の中では極力見せないようにするだろう。そして私は、身の丈に合った幸福を手に入れた妹を見る度に、銀メッキが剝がれたスプーンを持って途方に暮れた己の無様な姿を直視しなければならないのだ。

そんな惨めな思いをするくらいなら、孤独なほうがまだましではないか。

美月は仰向けのまま固く目を閉じた。

合宿の思い出を再び手繰《たぐ》り寄せる。潮の香を孕んだ湿っぽい風。月明かりで仄白く染まった砂浜。海に降ってきそうなほどたくさんの星。月の力で引き上げられ、ぶつかり、砕ける波の音。繰り返される波の音。

あの頃に戻りたい。戻れれば。

その瞬間、もう顔も覚えていない同級生ふたりの笑い声が耳奥で谺《こだま》し、種子のように弾け飛んだ。柔らかな波の音はふっつりと消えた。

六

そろそろ模試の結果が送られてくる頃だ。だが、理穂が素直にそれを見せてくれるだろうか。倉橋家の門扉を押しながら憂鬱になったが、

――倉橋さんからはびしびし鍛えてくれ、と言われている。

北條の言葉を胸の中で反芻《はんすう》し、背筋を伸ばして自分に活を入れた。インターホンを押すと悠太が小さな顔を覗かせた。先日母親から送られた鮮やかなブルーのTシャツが色白の肌に映えている。

「あ、先生。今日は少し早いね」

「ちょっと気になることがあったの。お姉ちゃんいるかな」

うん、どうぞ、と悠太は小さな手でベージュのスリッパを出してくれた。ふと、シューズクローゼットの上に飾られた葉書大の絵に目が引き寄せられた。一枚は葉にカタツムリが這う淡い青色の紫陽花《あじさい》、もう一枚は黄色い傘を差して歩く男の子。梅雨が明ければ、青い海か向日葵《ひまわり》の花にでもなるのだろう。

至る所に幸福がちりばめられた家だ。それなのに、どうして理穂はあんなに不機嫌そうなのだろう。

その理穂はダイニングテーブルで物憂げに頬杖をついていた。悠太と違って、母親の選んだピンク色のTシャツではなくグレーのTシャツを着ている。予想通り、彼女の目の前には大手塾の名が冠された模試の成績表があった。

「まだ四時半になってないですけど」

つっけんどんな口調は相変わらずだが、流すことにした。

「それ、模試の結果でしょ。見せて」

美月が手を出すと、投げ遣りな調子ではあるけれど、理穂は意外と素直に応じた。

第一志望校の合格可能性、三十パーセント。偏差値は五十一。北條から聞いていた、偏差値六十後半という成績には程遠い。国語だけは六十に届いているが、普段は七十を超えることもあると聞いているから、彼女にとっては不本意な数字だろう。算数は五十、理科と社会に至っては四十前半だ。

——あの位置にいる子が上がるのは難しいが下がるのは簡単だ。

北條の言った通り、夏前に何とか立て直さないとこのままずるずるいってしまうかもしれない。二月の本番に向けて周囲が本気モードになれば、勉強しない子が落ちていくのは当然の成り行きだ。

「何が悪かったのか、自分で分析してみた？」

美月は紙面から顔を上げ、強い目の光に負けまいと心持ち顎を反らした。長い睫に縁取られた理穂の瞳が微かに揺らぐ。

先に視線を逸らしたのは彼女のほうだった。

「分析するまでもありません。勉強不足です」

俯いて悔しそうな声で言う。

――もったいないよねぇ。あんなに成績がよかったのに。

悪意を含んだ少女の声が鼓膜の奥で耳鳴りのように不快な音を立てて甦る。だが、心ない同級生らと同じ言葉を美月は敢えて投げかけてみた。

「もったいないわ。せっかく銀のスプーンをくわえて生まれてきたのに」

理穂ははっと顔を上げた。

「銀の――スプーン？」

「そう。銀のスプーン。あなたはとっても恵まれているのよ。能力もあってそのうえ、家庭教師までつけてもらえる。どうしてそれを有効に使わないの」

説教が功を奏したのか、それとも、偉そうにものを言う単なる「カテキョー」に反抗しているのか、理穂は俯いて唇を噛みしめている。

もったいない。同じ言葉だが、狐目とぽっちゃり少女の言った意味とは少し違うとわかってくれるだろうか。みんなが欲しくてたまらない銀のスプーンをあなたは幸運なことに手にしているのよ。それなのにどうしてそんな不満そうな顔をしているの。もっとにこやかにしていなさいよ。

本当はそう言いたかったけれど美月はぐっと我慢し、彼女が顔を上げるまで根気よく待った。ダイニングテーブルの上で飛び散る見えない火花に気づいているのかいないのか、悠太はソファで寝転び、静かに絵本を読んでいる。時折、紙をめくる乾いた音が美月の耳に滑り込んでくる。

理穂がなかなか口を開かないのに痺れを切らし、今度はこう切り込んでみた。

「私を気に入らないのはあなたの勝手だけど、あなたのお父さんからお金をいただいている以上、私はここに二時間いなくちゃいけないの。合格したいんでしょ。だったら私を賢く使いなさい。それもしたくないくらい私を嫌いなら、お父さんに言って教師を代えてもらいなさい。そうじゃなきゃ本当にもったいない」

理穂はようやく視線を合わせ、

「あたしはお金と時間を無駄に使っているってことですか」

と明らかにむっとした表情で問う。

「そうね。どちらも限られているの。だから貴重なのよ。貴重なものを上手に使わないのはもったいないわ。それにあなたの場合は能力も使いこなしていないから、さらにもったいない。ただし」

能力は限られていないけどね、と理穂の表情にたじろぎつつも補足する。

「あたし、能力なんてありません」

あんな成績で志望校に受かるはずがないし、と理穂は尖った語気で美月の言葉をはねつけた。

「ちょっと待ってよ。まだ半年以上もあるじゃない。元々成績がよかったんだもの。これから充分巻き返せるよ」

美月は励ますつもりで言った。

「――わかるんですか」

くぐもった声だった。

「え？」

美月が訊き返すと、

「あたしが受かるって、どうしてわかるんですか」

理穂は昂然《こうぜん》と顎を反らして言い放った。強い目の色にひるみ、美月は返すべき言葉を失った。

もちろん受験に、いや、物事に絶対ということはない。二十九年の自分の人生を省みても思い通りにならないことは多々あった。その最たるものが結婚だった。俊平と結婚すれば絶対に幸せになれる。純白のウェディングドレスに身を包んだ日に抱いた確信が一年も経たぬうちに音を立てて崩れ去った。だから絶対に受かるなどと言えない。言ってはいけない。そんな思いが美月の言葉を慎重にする。

「絶対に受かるとは言ってないよ。けど、頑張れば充分に巻き返せる」

口に上ったのは苦し紛れの無様な返答だった。美月が言い終わると同時に、くっ、と理穂の喉が鳴る。

笑われたのだとわかるまでに数秒掛かった。怒りと恥辱が混じり合い、頬の辺りが熱を持つ。

「何で笑うの」

平静を装い、抑えた声で美月が問うと、

「先生っておめでたい人だなって。それとも善人面してるってやつ？」

目は少しも笑っていないくせに、理穂は唇だけで笑った。顔が綺麗なだけにその笑みはいっそう酷薄に見える。抑えた怒りが急激に膨れ上がったが、爆発することなく辛うじて喉の辺りでとどまった。拳を固く握りしめながら、何と言い返そうかと美月が言葉を選んでいると、理穂が吐き捨てるように言った。

「週に二回のカテキョーで受かるほど受験は甘くないの。夏期講習に行かなきゃ、受かるわけないじゃん。やってる量も質も違うんだよ。カテキョーのくせにそんなことも知らないの」

やってる量も質も違う。大手の塾がいかにもセールストークで使いそうな文言だった。だが、大人の受け売りであっても怒りがこめられた分、ずしりと重い。美月は受け止めるのに精一杯で反論の言葉を探せず、ただ理穂の歪んだ顔を見つめるだけだった。

いつの間にか、絵本をめくる音はやんでいた。そろそろと視線を動かすと、ソファで寝転がっていた悠太が起き上がり、こちらを不安げな表情で見ていた。

重たい静寂を深々とした溜息が破る。

「今日はもういいです。いつものように二時間いたことにしますから。帰ってください」

勉強なんて自分でできるから、と理穂は言い捨てて二階へ姿を消した。

ひとり残されたダイニングテーブルはやたらと広く感じられた。ずきずきと疼く胸の痛みを自覚しながら、おもむろにカウンターの上部を見ると色とりどりのレシピが目に入る。

前回来たときにはなかったのに。あんな場所に貼ったんだ。ぼんやり眺めているとやたらと丸いハンバーグが目についた。

たまねぎざくざく粗みじん。

その文言より、理穂の言葉のほうがずっと痛かった。

倉橋家を出てから駅までの道のりをどうやって歩いたのか覚えていない。気づけば美月は駅のホームにぼんやりと立っていた。

――善人面してるってやつ？

理穂の言葉が胸の内側でのたうち回っていた。時間が経てば経つほどそれは凶暴になっていく。泣き喚《わめ》きたいほどに痛かった。

理穂には全てお見通しだったのだろう。

美月の纏う大人の鎧《よろい》が張りぼてだということを。

張りぼての下は貧相な中身しかないことを。

そんな人間がどれほど説教し、励ましたところで相手の胸に響くはずがない。

今思えば、確かにあんな空々しいことをよくも口にできたものだと思う。当の自分が誰よりもわかっているはずだ。頑張ったって世の中にはどうにもならないことがたくさんあるのだと。傲慢な姑やプライドの高い夫を変えることはもちろん、自分自身がそれに合わせることもできなかった。頑張れば頑張るほど息苦しくなって、体も心も思うように動かなくなって、ついには普通の人ができることさえできなくなった。

十二歳の理穂でさえ、毎日キッチンに立っているというのに、自分のアパートには包丁もまな板もない。ただ怖がっているだけで、過去からも未来からも目を背け、縮こまって同じ場所にとどまっている。それが今の自分だ。

塾に行かなきゃ第一志望の学校は無理だよ。志望校を下げよう。

そう言えば彼女は納得したのだろうか。善人面などと言わなかったのだろうか。自身にも家庭教師にも折り合いをつけて、おとなしく勉強したのだろうか。ただのカテキョーならそれらしく振る舞えばよかったのだろうか。

考えれば考えるほど自分が嫌になり、美月は唇を噛んだ。

そのとき、強い風がホームを吹き抜けた。

いつの間に前にいたのだろう。男子中学生の白いワイシャツの背中が斜光を弾いていた。

――おまじないをとなえてごらん。

不意に柔らかな声が聞こえたような気がした。美月は思わず辺りを見回す。ホームには中高生の姿が目立つが、誰も美月のことなど気にしていない。群れてふざけているか、参考書に目を落としているか、または携帯電話をいじっているかだ。

麒麟塾の応接スペースで悠太から借りた絵本を読んだときの感覚がふわふわと甦る。柔らかな色調のイラストと不思議な世界観に知らずしらず引きこまれていたのだった。

——お母さんはね、ベルギーでね、月のスープを作ってるんだ。

絵本を返した日、悠太は得意げにそう言ったけれど、彼らの母親はいつ帰ってくるのだろう。手ひどく追い返されたのに、もしかしたらあの家に行くことは二度とないかもしれないのに、なぜかそんなことが脳裏をよぎった。

風が違う方向から吹いてくる。前髪が煽《あお》られ、目を伏せる。ごうという音で中高生の声がかき消される。

顔を上げると、夕刻の光をきらきらと跳ね返し、銀色の電車が減速しながらホームに近づいてくるのが見えた。


「それは困ったな」

生徒が帰った後、応接スペースで北條は唸《うな》った。指導もしないで理穂に追い返されたことを教室長に報告せずに帰宅するわけにはいかなかった。

「すみません。私の力不足です」

美月は頭を下げた。後悔と情けなさとがない交ぜになった胸は重苦しく、こうして北條と向かい合っているのもつらい。

「いや、やはり母親の不在が響いているんだろう」

北條は励ますような口調で言った。

「ベルギーに行ってるそうですね」

「そうか。だが、倉橋さんもそのことにはあまり触れなかったんだ。妻がしばらく海外に行って不在だからしっかりした女性教師にしてくれと言っただけで。だから、すぐに帰国すると思ってた」

申し訳なさそうな表情で美月の顔を見る。

「実は私が訪問した日、たまたま母親からの荷物が届いたんです。それでベルギー滞在中だとわかりました。いつ帰国するか、訊いたんですけど――」

――あなたには関係ないでしょ。単なるカテキョーなんだから。

理穂に尖った言葉を投げつけられたのだった。

「子どもたちはわからないみたいです」

そうか、と北條は頷き、一拍置いて、

「冷めないうちに食うか」

と自らが買ってきた弁当を手渡した。徒歩五分のところにある弁当屋の焼肉弁当だ。容器の大きさから察するに北條の分は大盛りだろう。

「ありがとうございます」

蓋を開けると焼肉の濃い匂いが辺りに漂った。先日はカップラーメンで今日は焼肉弁当だ。自分のことは棚に上げ、北條の食生活を心配してしまう。そろそろ腹の辺りの肉が気になる年頃だ。

「これ、美味しいですね。安い割にお肉は柔らかいし、臭みもない」

美月の言葉に、そうだろう、とご飯の塊を口に入れたまま北條は嬉しげに頷いた。近くて安いのでよく利用するのだという。

「で、倉橋理穂の件ですが、もしかしたら教師を代えてくれと連絡があるかもしれません」

話を戻し、美月はご飯の塊をお茶で無理に飲み下す。実を言うと、美味しかったのはひとくち目だけで、濃い味を持て余していた。別段嫌いな味ではないのに、喉を通らないのは理穂に投げつけられた言葉のせいだろうか。

「まあ、そうなったら考えるけどな。だが、おまえで駄目だったら他の教師でも駄目だろう」

「そんなことないです。やはり教師を代えていただいたほうがいいと思います。私、あの子に――」

言いさした善人面という言葉を呑み込んだ。口にしただけで胸がずきりと痛みそうだったからだ。

「どうした？」

北條が箸を動かす手を止めて訝り顔でこちらを見ていた。

「やる気がないのを見抜かれてしまったんだと思います」

痛い言葉を仕舞い込み、なるべく正直に告げる。

「やる気がないことはないだろう。予習だって一生懸命やってるじゃないか」

「そういうことじゃないんです。もっと根本的なことです。真剣に仕事と向き合ってないっていうか――」

言葉に詰まった。わかっている。自分の何がいけないのか。でも、それを口に出すのは勇気が要ることだった。俯いていても北條の目が真っ直ぐにこちらへ向けられているのがわかる。強い視線に気圧される。動悸《どうき》が速くなる。

「おまえが向き合ってないのは、〝仕事〟じゃなくて、〝人〟じゃないか」

恐る恐る顔を上げた。図星だった。あんな子どもですら自分は怖がっている。普通のことができない自分。誰もができることができない自分。あの澄んだ瞳と対峙《たいじ》したら貧困な自分が見透かされてしまう気がする。だから理穂と正面から向き合うことを避けているのだ。

「大学時代にも感じたことなんだけどさ。おまえ、〝いい子〟をいい加減卒業しろよ」

また図星を指された。二度目だったので、それは胸の柔らかい部分まで到達していた。箸を持ったまま美月の手は硬直する。不意打ちなんてずるい。北條を恨むのは筋違いとわかっていても、胸の痛みでそう叫びたくなった。

「おまえを見てると痛々しいんだ。人に嫌われまいとして、必死で自分を抑えて」

箸の先が細かく震える。止めようと思うのに止まらない。私はいい子なんかじゃない。奈美に言うようには言えなかった。黙ったまま俯く美月に構わず北條は話し続ける。

「人と正面きってぶつかることと、我儘《わがまま》を言うことって、意味が違うと思うんだ。おれも色々と失敗してるし、偉そうなことは言えないけどさ。時には〝悪い奴〟になってもいいんじゃないかな」

頭の血が音を立てて下がっていくのを感じた。彼のほうが大人だから言葉を選んでいるけれど、結局理穂と同じことを言っているのだ。

〝いい子〟は言い換えれば、「善人面」じゃないか。

モップ掛けもシャトル拾いも渡辺を探しに行ったのも、全ては「善人面」でしたことだと、北條は大学時代から気づいていたのだ。カップラーメンを食べたとき、彼は私を褒めたのではなかった。むしろけなしていたのだ。

まるで裸に剝《む》かれたような気がして、今すぐにここから去りたいと思った。それなのに手も足も凍りついたように動かせない。

小さく息を吐く音がした。

「妻がさ、おまえに似てたんだ」

思いがけぬ話の展開に困惑し、視線を上げると彼は体のどこかが痛むかのように顔をしかめていた。

「〝いい子〟でいるのって結局我慢してるってことだろ。どっかに歪みが出るんだ。歪んでいるものはいつか壊れる。今のおまえを見てると、そうなりそうで怖い」

「壊れる――」

ようやく出した声は中途半端なところで止まった。確かに婚家にいた頃の自分は壊れる寸前だった。同時に北條の妻のことを考える。離婚の理由を詳しく聞いたことはないが、北條の妻は〝壊れて〟しまったのだろうか。その原因は〝いい子〟だったからなのだろうか。胸のどこかが鋭く痛み、思わず唇を嚙む。

「ごめん。言い過ぎた。まあ、無理するなってことだよ。今まで〝いい子〟だった人間にいきなり〝悪い奴〟になれっていうのも難しいだろうけど。少なくとも倉橋理穂については一度ぶつかってみろよ。喧嘩《けんか》になってもいいからさ。前も言ったけど、それでおまえをクビになんかしない。おれがおまえを守るから。教室長ってのはそういうときのためにいるんだ」

一気に言うと、北條は弁当の残りを食べ始めた。

混濁した胸の底から熱い塊がこみ上げてくる。瞼の裏で盛り上がるものを抑えるのに必死だった。北條に責められているのでも、けなされているのでもなかった。それが理解できて安堵した。何より――

おれがおまえを守るから。

上司としての言葉とわかっていても嬉しかった。自分は孤独ではない。深い息がひとつ洩れる。涙をこらえた分、胸がいっぱいになり、熱い重みでつぶれそうになる。

「残さずちゃんと食えよ」

北條のぶっきらぼうな声がした。

「はい」

箸を手にしていたことをようやく思い出した。食欲は戻っていなかったが、しっかり食べようと思った。

しんとした教室に咀嚼する音がしばらく響く。

「おまえが見ている田代美優のことだけど」

北條の言葉で美月はお茶に伸ばしかけた手を止めた。

「彼女が何か？」

「近頃は学校へ行く回数が増えたらしい。高坂先生のお蔭です、って昨日母親から電話があったよ」

「そうですか。よかった。でも、私は何もしてません。彼女の話を黙って聞いてるだけで」

「人の話を黙って聞くって簡単なようで難しいよ。けど、おまえにはさ、そういう力があるんだよ。だから倉橋理穂のことも上手くいくよ」

淡々と言い、北條は残り三分の一ほどになった弁当に取り掛かった。

また涙が出そうになり、美月は慌てて弁当に戻った。

カップラーメンのときも感じたが、北條の食べ方は豪快だ。でも、下品なわけではなくむしろ綺麗だ。さり気なく見ているときちんと口を開けて食べるからだとわかった。思い切りがいい食べ方と表現したらいいだろうか。すごく美味しそうに見える。

こんなふうに食べてくれていると知ったら、お弁当を作った人もさぞ嬉しいだろう。

北條だったらどんなものを作っても美味しそうに食べてくれるのだろうか——

「どうした?」

　気づくと北條の弁当はあとひとくちになっていた。

「いいえ、何でもありません」

　美月はまだ半分以上も残っている自分の弁当に挑んだ。北條に倣い、大きな口を開けて豪快に食べる。思い切りのいい食べ方。その方が潔く綺麗に見える。

　そうだ。思い切りだ。

　それでも駄目なら——そのときにまた考えよう。

　濃い味のご飯を力をこめて咀嚼し、美月は飲み込んだ。

　　　　七

　二日後の水曜日、インターホンを押すと顔を出したのは悠太ではなく理穂だった。仏頂面は相変わらずだが、さすがに門前払いはしなかった。美月はなるべく穏やかに聞こえるように「悠太君は?」と訊ねた。

　遊びに出掛けているのかと思ったら、

「今日は買い物に行っているんです」とのことである。

「そうなんだ。家にいないのって珍しいね」

言いながら居間へ入ると、ダイニングテーブルの上には一応勉強道具が置いてあった。先日は大人相手にさすがに言い過ぎたと思っているのかもしれないが、油断をしているとまた痛い思いをする。

「模試の直しをしようか。まだやってないでしょう」

美月は椅子に腰を下ろすと慎重に訊いた。

「ええ。でも自分でできますから」

歩み寄ろうとするといきなり垣を作る。しかも棘だらけの垣だ。だが、怖がってそろそろと越えようとするから痛いばかりで向こう側に行けないのだ。どうせ痛いのなら一息に飛び越えてやる。

「あのさ」

美月はそれまでと口調をがらりと変えた。腰を下ろしかけた理穂の大きな目に警戒の色が浮かぶ。

「私も本気になるから。あなたも本気になってちょうだい」

何だ、という軽侮の色が理穂の顔をよぎった。彼女はそのまま椅子に座ると、

「本気ってどういうことですか」

と挑むような目で見た。垣を越えられるものなら越えてみろと言わんばかりに。

美月は大きく息を吸った。

必要なのは思い切りだ。

北條のように大きく口を開けてしっかりと咀嚼すればいい。大きな棘も小さな棘も思い切り喰《く》らってやる。

「私があなたを受からせてあげる。絶対に第一志望校に受からせてあげる。本気でやるから本気でついてきて」

理穂は大きな目を瞠《みは》り、しばらくこちらを見ていたが、

「絶対に——」

と打って変わって消え入りそうな声で訊いた。

「ええ。絶対に。はったりじゃないから」

一語一語嚙みしめるように言い、美月は理穂の目をしっかりと見つめた。美月の視線に押されるように、理穂の瞳が微かに揺らぐ。

「塾に行かなくても、夏期講習に行かなくても、本当に家庭教師だけで受かる?」

不安そうな言葉を聞いて美月は安堵した。ようやく理穂が覗かせた心の内側が想像通りだったからだ。

自分は田代美優に何をしたのだろうと美月なりに考えてみた。

北條に言った通り、彼女の話を聞いただけだ。だが、できる限り彼女の心に寄り添おうとした。田代美優がいじめを受けるようになったきっかけは、クラス委員になったことだった。真面目な彼女はクラス委員の仕事を一生懸命にこなそうとしたのだが、それが他の生徒の反感を買ったという。「いい子ちゃん」とか、「先生にゴマすりをして内申点を上げるためだ」とか、色々な陰口を叩《たた》かれ、無視されるようになった。みんなのために頑張っているのに理解してもらえない。それどころか、つまはじきにされる。そんな美優の胸中は自分に近いものとして想像できた。

一方、理穂に対してはどうだ。

ここは幸福の家。彼女は銀のスプーンをくわえて生まれてきた、恵まれた子ども。そんなふうに決めつけ、彼女を受け入れることを自分は端《はな》から拒んでいなかったか。

理穂と向き合うために先《ま》ずしなくてはならないこと。

彼女の見えている部分だけではなく、見えないところに思いを巡らすことではないか。そうすれば、美月自身が何をすればいいか、自《おの》ずからわかるのではないか。

初めて会った日、別れ際に見せた暗い瞳の色。

シャーペンを持つ少し荒れた手。

塾になんかもう行かない、と狐目とぽっちゃり少女へ言い捨てた声音《こわね》。

そして、美月へ投げつけた言葉。

――夏期講習に行かなきゃ、受かるわけないじゃん。やってる量も質も違うんだよ。

自分の目は節穴だ。いつも表面に浮いているものしか捉えられない。

理穂は思い切り勉強したいのではないか。けれど、塾をやめて、ひとりでどうしたらいいか、わからないのではないか。

そんな彼女のために美月ができることは。

覚悟を見せることだ。自分が責任を負うと宣言することだ。未来を闇雲に恐れるのではなく、今自分のできることを明示し、全力を尽くす。それが子どもに、いや、人に信用してもらえる唯一の方法だ。

だから、はっきりと言う。

「受かるよ。絶対に」

力をこめて、美月自身にも強く言い聞かせる。言葉は不思議だ。そして大事だ。はっきりと口に出したらそうなるような気がしてくる。そうしなくてはいけないと思えてくる。

揺らぐ目にぷっくりと涙が浮かんだ。

「ごめんなさい。あたし、先生が嫌だったんじゃなくて……。家庭教師が嫌だった。ううん、父の魂胆が嫌だったんです」

溜め込んでいたものを吐き出すように言った途端、綺麗な涙が頬を転がり落ちる。

「魂胆ってどういうこと」

仰々しい言葉に半ば驚きながら美月は訊ねた。

「塾をやめなきゃいけないのは仕方ないと思ってました。弟を夜ひとりにするわけにいかないから。だから自分ひとりで頑張ろうって。それなのに、集団授業よりむしろ一対一のほうが懇切丁寧に教えてもらえるんじゃないかって、父はあたしの意見も聞かずに家庭教師を頼んだんです。でも、本当はあたしに塾をやめさせるのが後ろめたかったんです。だったら、そう言えばいいじゃないですか。塾をやめさせてごめん、けど、家庭教師で頑張ってくれって。それなのに家庭教師をつけるのは、いかにもあたしのためっていうような言い方をして。それに――」

「それに？」

その先を促すと、

「ごめんなさい。何でもありません」

理穂は毅然《きぜん》とした口調で言い、指先で涙を拭うと、

「わかりました。今日からしっかりやります。よろしくお願いします」

納得すれば、賢い子らしくきっぱりと頭を下げた。

「よし、じゃあ、早速模試の直しをしよう」

美月は鞄から筆記用具を取り出した。

「実は、理科がよくわからなくて。基本から教えてください」

理穂が恥ずかしそうに模試の問題を差し出した。その拍子にふわりといい匂いがした。林檎《りんご》に似た甘く爽やかな匂いはシャンプーだろうか。小六の女の子ってこんな匂いがするんだと、何だかくすぐったいような懐かしいような感覚になる。格好は相変わらず地味な黒のTシャツにジーンズだが、尖った物言いが鳴りをひそめると数倍可愛らしく見える。

「ああ、天体だね」

さらりと言ったが、実は美月自身も苦手な分野だ。国、算、社は何とかなるが、理科はまた勉強し直さなくてはと思い、午前中に予習をしてきたのだった。内心ではほっとし、月の満ち欠けに関する基本的な知識を確認した後、模試の問題を解き直すように理穂に指示した。

今日は何日の月だったろう。ふと外を見ると曇り空のせいか既に薄暗く、近所の子どもの声も聞こえない。耳に入ってくるのは紙の上を走る理穂の鉛筆の音だけだ。悠太がいないからいっそう静かに感じるのかもしれないと時計を見れば、いつの間にか五時半を廻っている。ここへ来たのが四時頃だから、悠太が出掛けて既に二時間近くになるのではないか。

「ねえ、悠太君はどこまで買い物に行ったの」

心配になって訊ねてみると、理穂がはっとした表情で壁の時計を見上げた。問題に集中するあまり弟のことを忘れていたのかもしれない。

「駅前のショッピングモールまで行ったんです。どこかで寄り道してるのかも」

「何を買いに行ったの？」

「シュークリーム。先生と一緒に食べたいからって」

ここから駅前まであの子の足なら十五分で行けるはずだ。シュークリームなどものの五分もあれば買えるから、ゆっくり歩いたとしても四、五十分で往復できる。理穂の言う通り、公園かどこかで道草でも食っているのかもしれない。だが、シュークリームを持ったままあの子が遊ぶとは思えない。探しに行こうか。でも、まだ六時前だし、理穂の勉強も終わっていないからもう少し待とう。いや、父親がいないときにもしものことがあったらどうするのだ。

そんな逡巡の末、結局美月は立ち上がっていた。

「私が探してくるから、あなたはそのまま勉強を続けてて。もし、悠太君が戻ってきたら携帯に連絡ちょうだい。私の番号知ってるよね」

念のために番号をメモして渡し、美月は鞄から携帯電話を取り出した。

「あたし、行かなくて大丈夫ですか」

理穂が不安そうな顔で腰を浮かせた。

「大丈夫。行き違いになったら困るでしょ。あなたは家にいたほうがいい」

待ってて、と美月は理穂を安心させるように微笑み、玄関へ向かった。

どんよりと曇っているせいか、夏の六時前だというのに辺りは濃い藍色に染まり始めている。家路を急ぐ人々の影がいくつかこちらへ向かってくるが、その中に見慣れた小さな輪郭は見当たらない。美月は爪先上がりの道を登り始めた。

かわたれ時。夕刻と夜の狭間《はざま》にある「彼《か》」は「誰《たれ》」なのかわからないような朧《おぼろ》な闇に包まれる時。逢魔《おうま》が時ともいうのだと、ふと振り仰げば分厚い雲が黒々とした鱗《うろこ》状の翼のごとく見えてくる。俄《にわ》かに胸がざわつき始め、空から視線を外すと美月は足を速めた。

緩やかな坂を登り切ると遊歩道は細い道で一旦遮断される。倉橋家から駅までの途上、車に気をつけなければいけないのはここだけだ。そして横断歩道を渡ったところが滑り台とブランコだけの小さな公園になっている。若い母親が幼い子ども連れでお喋りをするような公園だが、今は小学生らしき子どもが数人いるだけだ。

六月にしては少々早く訪れた夕闇に目を凝らすと、公園の奥、つつじの低木の辺りでうずくまる小さな影があった。鮮やかなブルーのＴシャツが、藍色の闇に溶けてしまいそうで、美月は慌てて近寄った。

何はともあれ無事だったことに心から安堵し、背後から声を掛ける。

「悠太君、どうしたの」

振り返った彼の頬には黒い涙の痕が幾筋もついていた。

「さいふ、落としちゃった」

立ち上がった拍子に新たな涙がぽろりとこぼれる。

ちょっと待ってね、と美月は理穂に急いで連絡を入れた後、

「ここに落としたの？」

と植え込みを上から覗いてみた。が、目に入ったのは子どもの靴の片方とコーヒーの空き缶だけだった。

「どんな財布なの」

「あのね、黒くてね、チャックがね、ついてるやつ」

一粒の涙が呼び水になったのか、悠太はしゃくり上げながら言った。

よりによって黒の財布かと、もう一度探してみたが、飛び出た枝先でふくらはぎを引っ掻《か》いただけで何も収穫はなかった。地面に膝をついて違う角度から覗き込んでみたがやはりない。

「大事な財布なのかな」

美月の問いに、わかんない、と悠太は力なく首を横に振る。

「お金はいくら入っていたの」

六歳の子に持たせるお金だから、たいした額ではないだろうと思って訊けば「千円札が一枚」だという。千円でも子どもには大金だが、夕闇の中で黒い財布を探すのは至難の業だ。

「今日はもう遅いから明日またお姉ちゃんと来てごらん。先生は一緒に探してあげられないけど」

「先生、ごめんなさい」と悠太がぺこりと頭を下げた。「シュークリーム買えなかった」

「どうして私に謝るの」

「だってね、お姉ちゃんと先生がけんかしたでしょ。ぼく、先生にね、お姉ちゃんと一緒に、シュークリームを食べて欲しかったんだ。すごく美味しいから」

涙とともにほろほろとこぼれる言葉が胸に沁みていく。

この子は姉と家庭教師が喧嘩したことを気に病み、幼い頭でどうすればいいかを懸命に考えたのだ。

美味しいものを一緒に食べよう。そうすればお姉ちゃんと先生は仲直りできるかもしれない。

そんなふうに小さな心を煩わせてしまったことを美月は心の底から反省した。全ては自分がいけなかったのだ。もっと早く理穂と正面から向き合うべきだった。

美月は汗の匂いのする柔らかな髪を撫でると言った。

「ありがとう。でもね、お姉ちゃんとはもう大丈夫。シュークリームがなくても仲よくできるから。あったらとっても嬉しいけど」

「本当に？」拳で涙を拭いながら悠太が訊く。

「本当よ」と美月は頷いた。「お姉ちゃんが心配しているから早く帰ろうね」

街灯が淡く照らす坂道を悠太と手を繋ぎながら歩いて行くと、下り切った辺りに理穂がぽつんと立っていた。仄白く湿った夜気に浮かび上がるほっそりとした輪郭は今にも消えてしまいそうに頼りない。帰ってこなかったのは理穂のほうで、なかなか探しに来ない美月と悠太を長いこと待っていたかのように見えた。

「お姉ちゃん！」

悠太が姉に向かってまっしぐらに駆けて行く。小さな背中を見ながら美月が胸を熱くしていると、

「もう、何してんのよ！」

悠太を叱る声が静かな住宅街に響き、前を歩く幾つかの人影が振り返った。

前言撤回。頼りないどころか、いつも以上の尖り具合だ。

「公園の植え込みの辺りに財布を落としちゃったみたい。明日一緒に探してあげて」

美月が苦笑しながら事情を説明すると、悠太はバツの悪そうな顔で姉の傍から少し離れた。

「どうせ公園で遊んでたんでしょ」

理穂が問い質《ただ》すと悠太はぶんぶん音がしそうなほど大きくかぶりを振った。

「じゃあ、どうして」

さらなる追及に今度は貝のごとく口を閉ざしてしまう。

「ねえ、とりあえずおうちに帰ろう。手も顔も洗わなきゃ」

美月の取り成しに、黙って前を向いた理穂の目がきらりと光って見えたのは街灯のせいだろうか。

「お姉ちゃん、ごめんなさい」

悠太はそう言うと、先を行く姉の傍にぴたりと寄り添った。街灯に浮き上がる鮮やかなブルーのTシャツと闇に溶け込みそうな黒いTシャツ。きょうだいっていいな、と妹の顔を思い出せば、前を歩く姉弟の背は大きさも輪郭も違うのにどこか雰囲気が似ていて、それだけで瞼の裏がじわりと熱くなった。

「早くシャワーを浴びておいで」

居間に入るなり理穂は思い切り顔をしかめた。灯りの下で見る悠太の頬は泥をなすりつけたようだ。かく言う美月のスカートも土埃で白っぽくなっており、植え込みに引っ掛けたストッキングの伝線は太腿《ふともも》の辺りまで這っていた。この格好で電車に乗るのはかなり勇気が要る。いっそのこと素足になってしまおうか。

「先生、うちでお風呂入っていけば」

美月の心を読んだかのように理穂が言い、

「本当？　先生、ぼくと一緒にお風呂入るの？」

と悠太が相好を崩す。

「お風呂は大丈夫よ。でも、洗面所でスカートの汚れだけ落としていこうかな」

美月の言葉に悠太は少し残念そうな顔をしたが、

「じゃあさ、ご飯は一緒に食べて行ってくれる？」

今日はカレーだよ、と得意げな表情でキッチンのほうを見た。

仲よくなったのは嬉しいけれど、いきなり夕飯を一緒に食べるのは気が引ける。

「でも、先生が食べたらお父さんの分がなくなっちゃうでしょう」

小さな心を傷つけないように父親を引き合いに出すと、

「お父さんは夕飯要らないんだって。だから心配しなくていいよ」

と理穂がさばさばした調子で言った。

「今日のカレーはさ、ひと晩寝かせてるから美味しいんだよ」

幼い子らしからぬ台詞は姉の受け売りだろうが、自分を引き止める言葉だと思えばそれもいじらしい。今日くらいいいか、と揺らぐ美月の心を一押しするように、

「ねえ、一緒に食べようよ」

と悠太がこちらを真っ直ぐに見上げた。

泥で汚れた顔の中できらきら輝く薄茶の瞳を見たら、誰だって嫌とは言えない。

考えるより先に美月は、うん、と頷いていた。


昨夜の残りだというカレーは思った以上に美味しかった。

庭に面したテラス窓は開けているので、近隣にもスパイシーな香りは届いているかもしれない。そう思えば、ふと子どもの頃の光景が甦る。

たっぷり遊んで家に帰る道すがら、茜色《あかねいろ》に染まった住宅街に漂うカレーの匂いは刺激的で空っぽの胃をそそった。豚肉と玉ねぎと、ごろっとしたジャガイモの入った山盛りのカレーを思い浮かべると、たまらなくなって駆け出していた。期待に胸膨らませて台所に飛び込んだのに夕飯がカレーじゃなかったときの失望感といったら。懐かしさで自然と顔がほころび、久しぶりに母のカレーが食べたいと思った。里心がつくのは心が弱っている証拠だろうとひとりでに苦い笑いが洩れる。

「ねえねえ、先生、今度からいつもうちでご飯を食べていってよ」

悠太がカレーを掬《すく》う手を止めて言った。

いつもは難しいなと思いながら、そうねえ、と曖昧に返すと、

「お姉ちゃんのお料理はまあまあだよ。お母さんには全然敵わないけどさ」

と真剣な目で訴える。

そうか、平素は姉弟ふたりきりの夕食なんだ。そう思い至れば無下にもできず、美月はしばし逡巡した。週に二回くらいならと思う一方で、父親がいないのに安請け合いはできないと即答を躊躇していると、

「先生はお母さんなの？　早くおうちに帰らなきゃいけないの？」

と無垢《むく》な瞳がこちらを見つめていた。お風呂に入ったばかりの栗色の髪が柔らかな照明の下でつややかに光っていた。理穂と同じ林檎シャンプーの匂いがするけれど、理穂のほうが甘く感じるのはやはり女の子だからだろうか。

子どもっていいなと思いながら、

「ううん。残念ながら、子どもはいないのよ」

と答えれば胸が微かに軋《きし》んだ。

「じゃ、けっこんしてるの？」

矢継ぎ早の質問に戸惑いつつ、

「残念ながら、してないの」

と首を横に振ると、今度ははっきりと引きつれるような痛みが胸に走った。

「だったらいいじゃないですか。どうせひとりでお夕飯を食べるんでしょう。うちで食べていってよ。そのほうがお父さんも安心するし。ご飯代なんて請求しませんから」

それまで黙っていた理穂にも懇願され、仕方なく折衷案を提示する。

「それじゃ、こうしよう。お父さんに相談してみて。お父さんがいいって言ったらごちそうになる。それでどう？」

一緒に夕飯を食べるとなったら、支度を手伝わないわけにはいかないだろう。できればこの子たちの前で料理なんてしたくないから、父親が反対してくれることを秘《ひそ》かに願った。婚家を出てからふた月以上が経つが、美月は一度も料理をしていない。

「うん。それでいいよ、ねえ、お姉ちゃん」

「そうね。じゃあ、今日お父さんが帰ってきたら訊いてみよう」

理穂までもが嬉しそうに頷いた。

「先生はお料理が上手なの？」

悠太からまた痛い質問が投げられる。邪気がないだけに一蹴できないところがつらい。

「残念ながら、苦手なの。そうね、だから理穂ちゃんのお手伝いどころか、邪魔してしまうかもしれない」

また残念ながら、と言ってしまう。結婚が上手くいかなかったのも子どもがいないのも料理が苦手なのも別に恥ずべきことではないのに。「残念ながら」が「ごめんなさい」と言い訳めいて聞こえてしまうのが我ながら情けない。自分は一体誰に謝っているのだろう。思わず俯きそうになったとき。

「大丈夫だよ」

悠太の力強い声が美月の心をぎゅっとわしづかみにした。驚いて透き通った瞳を見つめていると、

「お母さんのレシピ通りに作れば美味しくなるから。お母さんのレシピは魔法のレシピなんだよ」

悠太は胸を反らすようにし、スプーンで壁に貼られたレシピを指した。

「このカレーもお母さんのレシピなの？」

摑まれ、揺すられる心を抑えながら美月は訊いた。

「うん、お母さんのレシピだよ。でもね、カレーはふたつあるんだ。これは簡単なほう。難しいほうはお姉ちゃんには無理なんだって」

「こら。そうじゃなくって、忙しいからできないだけ」

理穂が弟の頭を軽く小突いた。悠太がへへっと笑う。

無邪気な遣り取りを聞きながら心はまだ振動している。子どもの何気ない言葉なのに美月の心を摑んだまま離そうとしない。

大丈夫だよ。大丈夫だよ。美月、大丈夫だよ。

自分の内側でそんな声が響き、心の柔らかい部分が優しく揺れる。どうしてか涙が出そうになる。大きな手で背中を撫でてもらっているかのようにじわじわと不思議な力が湧いてくる。

「先生どうしたの」

美月の様子に気づいたのか理穂が怪訝《けげん》な顔で訊いた。

「簡単なのに美味しいからびっくりしてるの。市販のルーでこれだけ上手に作れるのってすごいよ。隠し味は何だろう」

美月は慌ててカレーをスプーンで掬った。動揺を鎮めるようにゆっくりと舌の上で味わう。それほど煮込んでいる感じはしないのに、酸味と甘味と適度な辛味とが喧嘩せずによく馴染んでいる。

「りんごとね、他は当ててみて。レシピは見ちゃ駄目だよ」

理穂が大きな目を悪戯っぽく輝かせた。

「うーん。蜂蜜かな」

　とりあえず無難な答えを返す。

「惜しい！　蜂蜜と焼肉のタレでした！」

　理穂が振り返ってレシピを見た。日頃はあまり見ないようにしているレシピの中からカレーを探す。

♪♪　忙しいときのお助けカレー。薄切り豚肉、たまねぎ、にんじん、きのこ、なす、りんごのすりおろしにトマトの水煮缶。仕上げに焼肉のタレとはちみつを入れるべし。これですっかりプロの味。

「おうちで先生も試してみて。きっと簡単に美味しくなるから」

　スプーンで掬ったカレーを目の前に掲げた後、理穂は美味しそうに口に運ぶと屈託なく笑った。この子は本当に綺麗だと思ったら、

「理穂ちゃんは偉いね」

　そんな言葉が美月の口から自然とこぼれ落ちていた。

「どうして偉いの？」

理穂が不思議そうな顔をする。

「だって、学校にも行き、受験勉強もし、こうしてお母さんの役目もして美味しいカレーを作れるんだもの。ものすごく偉いよ。本当に偉い」

言いながら瞼の裏が熱くなった。

銀のスプーンをくわえて生まれてきた子。絵に描いたような幸福な家族。

傍からはそう見えてもこの子なりに屈託を抱えながら日々懸命に生きているのだ。それなのに、自分はこの子に妬ましさを覚えただけでなく、いっぱしの大人を気取り、偉そうに説教をし、胸裏で責めた。

だが、自分自身を省みれば、身の丈に合わぬ結婚に失敗し、離婚届を置いて婚家を出たものの、結局色々なことから逃げているだけで前に進んでいない。山道の険しさに臆して立ち止まっている人間が、頂上を目指して懸命に歩いている人間に行き先を示そうなんて笑止千万だ。

清々《すがすが》しさと情けなさとで鼻がつんとするのをこらえ、麦茶を飲もうとしたらコップが空っぽだった。全く間が抜けている。

「そんなの、たいしたことないです」

麦茶、取ってきますね、と理穂が立ち上がってキッチンに消えた。声がくぐもって聞こえたけれど気のせいだろうか。時にはこちらがひるむほど尖って見えるけれど、実は指先で触れられるだけで傷ついてしまうほど柔らかい。彼女が自分の周囲に張り巡らせているのはそんな棘だった。柔らかで美しい棘。思い切ってぶつかってみなければ、いや、寄り添おうとしなければ、ずっとわからなかったかもしれない。

ふと見ると、泣きながら財布を探していたので疲れたのだろう。カレーを食べ終えた悠太がいつの間にかこくりこくりと舟を漕《こ》いでいた。

それを見る美月の心も揺れている。

大丈夫だよ。大丈夫だよ。そう言いながら優しく揺れている。

八

「週三、ですか」

応接スペースで作業中の北條に缶コーヒーを渡しながら美月は訊き返した。夜の九時半を過ぎてポットのお湯を捨ててしまったので、外に買いに行ったのだった。

「ああ。親子でおまえをいたくお気に入りでさ。金曜日もお願いできないか、と今日の昼過ぎに倉橋さんから電話があったんだ。できれば夕食つきで、という依頼だ」

太い指でプルタブを引くと、北條はコーヒーをふたくちほど飲んだ。

「うーん。何だか複雑な気分ですね」

言いながら北條の前に腰を下ろすと美月もコーヒーの缶を開ける。

「どうしてだよ。つい数日前までは、すげなくされたって嘆いていたじゃねえか。きちんと向き合って仲よくなれたんだろ」

そうですけど、ともそもそ言いながら美月も缶に口をつけた。甘ったるいくせに薄くて苦いだけの液体が喉を滑り、お茶にすればよかったと悔やむ。

――先生、今度からいつもうちでご飯を食べていってよ。

そんな悠太の申し出は嬉しい反面、荷が重かった。

「電話だったけどさ、倉橋さん、すごく感謝してたよ。帰って来ない息子をすぐに探しに行ってくれたって。子どもたちも懐いているし、何より指導がわかりやすいからこのまま最後までお願いしたいと。それって娘がそう言ったってことだろ。ついこの間までつんけんしてた子がそんなふうに信頼してくれてるのに」

何が気に入らないんだ、と北條は少し呆れ顔で言う。

「気に入らないわけじゃありません」

そう。理穂が気に入らないのではない。生徒としては至極優秀だし、心を開いた彼女は決して高慢ちきではなく、繊細で大人びた少女だった。問題は、夕飯のご相伴に与《あずか》ることだ。いや、そうじゃない。自分はもっと別のことを心配している。小学生の姉弟と夕飯を一緒に食べるのに、どう考えても大人の自分がお客様然としているわけにはいかない。いずれあの家のキッチンに立たなくてはいけない状況が出てくるだろう。包丁を持たなくてはいけない事態になるかもしれない。想像しただけで手のひらがじっとりと濡れてくる。

「その、何と言ったらいいんでしょう。夕飯をいただくというのが——」

「時間外労働ってことか」

途切れた美月の言葉を北條が補足する。

「お金の問題じゃないんです」

つい強い口吻《こうふん》になってしまった。大きな目に怪訝な色を浮かべる北條を見て、

「毎回夕飯を一緒に食べるとなると、精神的に重荷というか、その、小さな子ってどうしても気を遣うので」

美月は慌てて声の調子を和らげた。

そうか、と顎に手を当てて考え込む北條の顔を見ながら、父親からの直接の申し出を断ればどうなるだろうと自問する。

――お父さんがいいって言ったらごちそうになる。

そう言って自分はあの子たちの要望を受け入れたのではなかったか。それを今さら駄目だと言えば、せっかく開きかけた理穂の心がまた閉じてしまうかもしれない。

父の魂胆が嫌だと言ったときの潤んだ目。弟を夕闇の中で待っていた心細そうな姿。偉いねと美月が褒めたときのくぐもった声。

どんなに大人びて見えてもあの子はまだ十二歳の少女なんだ。受験というだけでも不安なのに、母親の不在という重石《おもし》が彼女の細い肩にのしかかっている。だから心がつぶれないように幾重にも垣を、それも棘だらけの垣を巡らせているのだろう。

情けない自分でも多少は彼女の支えになれる――いや、逆だ。自分があの子たちに支えてもらいたいと思っている。

――大丈夫だよ。

悠太の言葉が胸の中で反響し、不思議な懐かしさと温かさと力強さを呼び覚ます。今の自分は誰よりもこの一言を欲しているのだ。

「ごめんなさい。頑張ってみます」

知らぬ間に美月はそう言っていた。

「いいのか」

北條の目に懸念と安堵の色が同時に点《とも》った。先輩の立場と教室長の立場。そのどちらも北條敬という人間なんだ。そして自分は後輩である前に、ここでは単なるアルバイトに過ぎない。

ややもするとぐらつきがちな心に芯を入れたくて美月はことさら背筋を伸ばした。

「ええ。すみません、我儘を言いました。でも、金曜日に教室で見ている中学生はどうしましょう」

「英語が得意な大学生に代わってもらうさ。もう当たりはつけてるから大丈夫だよ」

黒々とした瞳の奥で安堵の色が勝った。

「はい。そうすると倉橋理穂を月、水、金の週三回。火、木、日は教室の方へ来ればいいですね」

「ああ、それでいいよ。おまえに会える日が一日減るのは少し寂しいけどな」

私も寂しいです。言おうとした言葉は喉の辺りでとどまった。北條のように冗談交じりにさらりと言える気がしなかった。離婚をしたいのにできず、心身ともに覚束ない今の自分が寂しいなどという言葉を不用意に吐いたら、途端に物欲しげに聞こえてしまう。既婚者であることを忘れて守るべき矩《のり》を超え、せっかく得た仕事場で気まずくなってしまうのは避けたい。

「だったら家庭教師が終わった後に教室に来て残業を手伝いましょうか」

冗談めかした美月の言葉へ、

「それは助かる、と言いたいところだが、おまえに体を壊されたらおれが困る」

休むことも大事だ、と北條は優しい目をして諭すように言った。今の台詞が半分本気だったことを見抜かれたのだ。寂しいような有り難いような複雑な気持ちで、確かにそうですね、と美月は無理して笑った。

コーヒーを飲み終えたらもうここにいる理由はない。

「すみません。それじゃ、お先に失礼します」

美月は缶を片づけ、明るい声で挨拶をする。

「ああ。お疲れ。じゃ、来週から週三でよろしくな」

北條は応接スペースの椅子に座ったまま片手をあげて笑う。

いつもの退室シーンのはずだった。

だが、教室の扉を開けて外階段を下りようとした美月の足はすくんだ。

薄暗がりに見慣れた人影がぼんやりと浮き上がっていた。

どくんと跳ねた心臓が胸を突き破って湿った夜へと飛び出しそうになる。膝ががくがくと笑う。それなのに、足裏はコンクリートに打ち付けられたように動かすことができなかった。人影は煙草（たばこ）に火をつけているらしく、背を向けて前屈みになっているので美月には気づいていない。動かなくては、早く北條のところへ戻らなくては、と気持ちばかりが焦る。

小さく息を吐き、美月は足の強張りをようやく意志の力で解くと、音を立てぬようにして踵《きびす》を返した。ドアを開けることがこれほど難しいと感じたのは初めてだった。

「どうしたんだ。忘れ物か」

最前と同じ場所で同じ姿勢のまま北條はいた。違うのは手をあげていないことと笑っていないことだけだ。

動悸が高く打ち、喉を何かで締め上げられたかのように苦しくなってくる。今にも背後のドアが音を立てて彼が怒鳴り込んでくるのではないか。腕を摑まれ、あの家に戻されるのではないか。そう思うと、背筋を冷たい汗が伝い、また膝が笑った。

「どうした。具合でも悪くなったのか。顔色が悪いけど」

立ちすくんだまま声も出ない様子を訝ったのだろう、北條は立ち上がると心配そうな表情でこちらを見下ろした。

北條と教室でカップラーメンを食べた日のことが甦る。波の音、潮の香り、満天の星、四人で笑い転げたこと。美しい思い出が少しだけ鬱屈を和らげてくれた。そしてあの頃に戻りたい、戻ってやり直したいと美月は心の底から願った。

だが、どれほど望んでも絶対に時は巻き戻せない。俊平との結婚をなかったことになどできない。

では、生まれ変わることはできないのだろうか。俊平を知らない別の自分。びくびくしながら暮らすのではなくもっと堂々として明るく笑って生きていられる自分。そんな自分に変われる方法はないのだろうか。

不意に御影石のアイランドキッチンが脳裏に浮かび上がった。手のひらにひやりとしたステンレスの感触が甦り、背中に刃物を突きつけられたようにぞくりとする。

美月はゆっくりと顔を上げた。

「怖いんです」

「何が？」

北條が眉根を寄せた。

「あの人が。いいえ、あの家が怖いんです」

その途端、背中を覆った恐怖が全身に回る。止めようもなく体が震えだす。

大丈夫だよ。大丈夫だよ。

心の中で美月は繰り返した。その場に崩れ落ちそうな自分を必死で支えるために何遍も何遍も繰り返した。

「少しは落ち着いたか」

明るい応接スペースのソファで北條は言った。

「すみません。取り乱してしまって」

あの後、北條は教室に美月を残すと、電気を消し、鍵をかけて表へ出た。外階段を下り始めると、ビルの前に佇んでいた人影が駅のほうへ向かって行くのが見えたそうだ。が、それが俊平かどうかはわからなかったという。いずれにしても、そうして教室には誰も残っていないことを示し、しばらく歩いた後に戻ってきてくれたのだった。

暗く人気のない教室にひとりでいた時間は十分にも満たなかっただろうか。でも、何もせずに暗闇で人を待つのは心細かった。もしかしたら闇のどこかに俊平がひそんでいるのではないか、このまま北條は戻って来ないのではないか、と不安に襲われ、脈が速くなり手のひらに冷たい汗が滲んだ。

だから、北條が戻って来たとき、張り詰めていたものが緩み、つい泣きだしてしまったのだった。姑と折り合いが悪く家を出たことは既に伝えていたが、精神的に追い詰められて体調を崩したことまでも話すと、後は堰《せき》を切ったように涙が溢れ出て止まらなくなった。

「もう少ししたら」

と遠慮がちな声がした。顔を上げると目の前に少し困ったような北條の顔があった。

「おまえが嫌じゃなければ駅まで送っていこう。もちろん今日だけじゃなく」

「いいんですか」

泣いたせいかひりつく目で美月は北條を見つめた。乾いた涙で頬がぱりぱりになっている。メイクが剝がれ落ち、さぞひどい顔をしていることだろう。見苦しいという自覚はあった。

「ああ。ここに勤めていると知られた以上、これからもこういうことがあるかもしれないだろう。おれと一緒ならあいつも無理に連れ戻すことはしないだろうから」

だがな、と北條は太い腕を組むと言葉を一旦切った。美月は彫りの深い顔を見つめ、続く言葉を待った。

北條は少し厚めの唇を嚙み、束の間虚空を睨《にら》むようにしていたが、

「ずっと逃げているわけにはいかないだろう。いずれ俊平ときちんと向き合わなきゃいけないと思う」

きっぱりと言った。

向き合う。先日と同じ言葉を北條は使った。けれど理穂のときのように容易《たやす》くはいかない気がする。思い切ることができない。棘を喰らってやるなどとはとても思えない。今、夫や姑と向き合ったら心がずたずたになりそうで身がすくむ。あの冷たい家に呑み込まれ、それこそ喰われてしまう気がする。

でも、北條の言うことは正しい。過去に戻ることも新しく生まれ変わることもできないのなら、俊平にも自分にもいつか向き合わなくてはいけない。このまま一生逃げているわけにはいかないのだ。何よりもきちんと決着をつけなければ北條に迷惑をかけてしまう。もしかしたら暗に迷惑だと彼は言いたかったのかもしれない。

泣き顔が見苦しいのではない。甘えた心が見苦しいのだ。

そんな自分を心の底から恥じ、

「ご迷惑をかけて申し訳ありません」

と美月は再び頭を下げた。その拍子に新たな涙がこぼれそうになったが、歯を食いしばってこらえた。

「ひとりで帰れるか」

改札の傍まで来ると北條は美月を見下ろして訊ねた。温《ぬく》みのこもった視線と言葉がまだ微かに震えが残っているような体の芯にじんわりと沁みてくる。じっと佇む彼の背後では帰宅を急ぐ人々が映像の早送りのように目まぐるしく動いていた。

「はい。すみません。大丈夫です」

言いながらも美月の足はなかなか動かない。

もし、どこかで俊平が見ていたら。まだ駅のどこかにいたら。ストーカー。言葉そのものは巷《ちまた》に氾濫していながら自分とは無縁だと思っていた行為——それが今我が身に起こりつつある。そう意識した途端、夫がはっきりと他人になったような気がした。

不意に俊平が仄暗いアパートの前に立っている姿が思い浮かんだ。

背中に氷を当てられたような気がして、再び体が震えそうになる。

そんな美月の様子に気づいたのか、

「家まで送ろうか」

目に案じる色を浮かべながら北條は訊いた。

優しい先輩だ。はい、と頷いたらたぶん送ってくれるだろう。今日送ってくれたら、その次も送っていこうと言うだろう。だが、この人にはこの人の生活のペースがあるのだ。それを乱すわけにはいかない。

「もう大丈夫です。ありがとうございました」

深々と頭を下げた拍子に温かい眼差《まなざ》しが視界から消えた。途端にぐらぐらと揺れる心の頼りなさに泣きそうになる。

美月はもう一度、ありがとうございました、と口の中で言うと、北條に背を向けて改札へ足を踏みだした。心と同じでふらつく足が決心を裏切らないよう、ヒールの爪先に力を入れ、わざと人波に紛れるようにして歩いた。

改札を抜けたところで未練がましく美月は振り返った。だが、無秩序に行き交う人の流れに呑まれ、がっしりとした男の姿は見当たらなかった。

自宅の最寄り駅に着くと美月は改札の辺りを見回した。疲れた表情のサラリーマンと大学生、それに若い女性が目に入るだけで俊平らしき姿はどこにもない。

緊張の糸がほどけ、美月は小さく息を吐き出した。

それにしても、俊平はどうやって麒麟塾を探し当てたのだろう。奈美と北條から洩れるはずはないのだから、考えられるのは調査会社しかない。だとしたら、アパートの所在も知られているのだろうか。今もどこかに自分を監視しているひそやかな目があると思えば、再び身が強張った。

解せないのは、俊平がなぜ自分のような女にこれほど執着するのかということだった。夜逃げ同然に家を出てしまったのだ。元の鞘《さや》に戻れるはずがないと彼だってわかっているはずだ。

美月は夫の心を量りかねたまま駅を出ていつものコンビニに寄った。恐怖と疑問と心細さと、自分でもよくわからない混沌《こんとん》とした感情の中で買い物をしたせいか、レジで会計するときに見るとカゴには余分なものが入っていた。サラダとレンジで温めるだけのパスタ、ヨーグルトに牛乳、菓子パン、なぜかティラミスプリン、きな粉と黒蜜がかかったわらび餅、アーモンドチョコレートまで入っている。棚へ戻そうかと一瞬思ったけれど、若い店員の不機嫌そうな顔に臆し、そのまま会計を済ませてしまった。

店を出る瞬間、唐突に後ろめたさに襲われた。コンビニで大量の買い物をしたことに対してだ。万引きしたわけではなく、きちんと働いたお金で買ったものだ。何の悪いことがある。そう自分に言い聞かせ、美月は自宅アパートに向かって歩きだした。

大きな街道を横断し、人通りの少ない仄暗い道に入った途端、感覚、ことに聴覚が過敏になった。ついてくるのは複数の足音だ。女性もいるし、ひそやかな話し声もする。このまま自宅の近くまで行ければいい。大丈夫だ。美月は自分にしか聞こえない声で呟いた。

シャッターの下りた自動車工場の前を過ぎた辺りだった。複数だった背後の足音が減り、一人のものになった。歩幅や音の感じから男だろうと思えば美月の足は自然と速くなる。心なしか背後の歩調も速度を増す。

閑静な住宅街に美月と男の足音が重なり合うように響く。

硬い音。革靴の音。このリズム。この歩幅。どこかで聞いたことがないだろうか。

背中が痛いほどにひりひりする。総身の毛穴という毛穴が開き、そこから冷たい汗が吹き出していく。

美月。

声がして今にも肩を摑まれそうな気がする。

いざとなったら駆け込める場所を探さなければ。門の開いていそうな家。灯りの点《つ》いている家。足を急がせながら辺りに視線を泳がせていると、暗闇に吸い込まれるように背後の足音は消えた。

思わずその場にへたりこみそうになる。びくびくし過ぎだ。そう独りごちて視線を上げれば、アパートの外階段まですぐそこだった。

仄暗い夜に浮かぶ鉄の階段は、影絵のようにぺらぺらに見えた。

九

　翌週の月曜日。美月は迷った末、午前中のうちに近所のスーパーマーケットへ行き、小さく切ってある豚のヒレ肉と塩、胡椒《こしょう》、卵、小麦粉、パン粉、それに千切りキャベツのパックを買い求めた。

　包丁もまな板もないので、皿に載せた肉をスプーンで叩いて柔らかくした後、塩、胡椒をして衣をつけた。母親は不在でも理穂が料理をしているのだから倉橋家のキッチンにサラダ油はあるだろう。

　料理らしいことをしたのは高坂の家を飛び出してから初めてだと思いながら、美月は衣のついた豚肉をジッパー付きの袋に入れる。それをキャベツと保冷剤と一緒にレジ袋に入れ、鞄へ仕舞い、アパートを出た。

　予定通り、四時頃に倉橋家の前へ到着すると、悠太が屈んで路面にろうせきで絵を描いていた。例のごとく母親の送ってくれたブルーのTシャツを着ている。ちんまりとした背中を微笑ましく思いながら傍へ近づき、

「こんにちは。何を描いてるの」

と腰を屈めて覗き込んだ。あ、先生、と悠太は立ち上がり、

「あのね、先生とお姉ちゃん」

と運動靴の足元を見ながら恥ずかしそうに言う。

「上手だねぇ」

お世辞ではなく本気でそう思った。ダイニングテーブルを挟んで美月と理穂が勉強しているところを横から見た絵だ。年齢こそ違うが、自分と理穂はそれほど体格差があるわけではないし、どちらも長い髪をひとつに束ねているから、描き分けるのは難しい。よく見ると、頭の形が違うのだと気づいた。理穂の後頭部は丸くて形がいい。つまり、彼女は後頭部まで〝美人〟なのだ。

それも新たな発見だが、何より悠太の画力というか、観察力に舌を巻く。目の前の実物を写すことしかできない自分は、記憶を映像として再現できる人間を羨ましいと思っていた。こうして幼い悠太がいとも容易くそれを実現しているのを見ると、その能力とは年齢によるものではなく、天与のものなのだろう。

「こんにちは」

爽やかな声は郵便配達のお兄さんだ。

「あ。お母さんからだ」

手紙を受け取ると悠太の顔がぱっと輝いた。顔見知りなのだろうか。よかったね、とお兄さんは悠太に笑顔で言った後、赤い配達バイクの方へ若者らしくきびきびした足取りで戻って行った。

「おうちで読もうか」

美月は悠太の背に手を添えて家の中へと促した。

ちらと見たエアメールの住所は確かにベルギー、ブリュッセルの町だった。

りほ、ゆうた、元気ですか。

おかあさんは元気です。

日本はそろそろ梅雨に入ったでしょうか。

りほは勉強をがんばっているかな。

ゆうたはお絵かきが上手になったかな。

けんかをしないで仲よくしているかな。

おかあさんはベルギーのお料理やお菓子をつくれるようにがんばっています。それからあたらしいお話もたくさんかいています。

写真はまきこおばさんにつれていってもらった森です。

いちめん、青い花でうまっているのでブルーベルウッドというのだそうです。
すずしくなったらまたチョコレートのお菓子をおくりますね。
ふたりとも体に気をつけて。
おかあさんより

悠太にせがまれて声に出して読んだ手紙を美月はダイニングテーブルにそっと置いた。同封された写真を見ると、文面通りラベンダーブルーの花で森一面がカーペットのように覆われている。それこそ童話や絵本に出てくるような幻想的で美しい一葉だ。

「綺麗だね」

美月の言葉に悠太は夢見るような表情でこくりと頷いた。ああ、この子は母親が恋しいんだ、と思ったときだ。

がたん、と乱暴に椅子を引く音がして、理穂が立ち上がっていた。

「先生、今日はペットボトルの紅茶でいいですか」

不自然なくらいに弾んだ声だった。

「うん。何でもいいよ」

そう答えてもう一度便箋に目を落とせば胸の辺りがごろごろすることに気づく。ものもらいになったときの瞼の異物感。それが胸のどこかにあるような不快な感じだった。端正な文字で綴《つづ》られた手紙の文面。そこにこめられた子どもたちへの思い。同封された美しい森の写真。優しい母親の愛情溢れる便りだ。不快なものなどどこにも見当たらないのに、なぜこんな気持ちになるのかわからなかった。

テーブルを叩くような硬質な音がした。理穂が紅茶の入ったグラスを置いたのだった。いつもは敷いてくれるオレンジ色の布製のコースターが今日はない。そのせいだろうか、テーブルに直接置かれたグラスはどこか均衡を欠いて見える。

いつもあるはずのものがそこにない――

「先生。始めましょう。悠太はあっちへ行ってなさい」

理穂の言葉ではっと我に返る。

悠太はおとなしく頷き、写真だけを持ってダイニングテーブルを黙って離れた。美月が便箋を封筒へ戻して渡すと、

「ありがとうございます」

理穂は抑揚のない声で受け取り、カウンターに無造作に置いた。ダイレクトメールか何かを投げるような手つきだった。目を通さなくてもいいの、と訊きかけて美月はやめた。母親からの手紙を喜んでいるどころか、逆に怒っているように見えたからだ。

ふと思った。この子はなぜ母親の送ってくれたピンク色のTシャツを着ないのだろう。悠太は一日置きではないかと思うほど頻繁に着ているというのに。

胸の中で異物がまたごろごろと蠢《うごめ》く。

先生、と再び呼ぶ理穂の声で、わけのわからない異物に蓋をすると、

「ああ。ごめん、ごめん。そうだ。これ、冷蔵庫に入れておいて」

鞄から豚肉の入った袋と千切りキャベツのパックを取り出した。レジ袋を通して保冷剤の冷たい感触が指先に伝わってくる。

「今日の夕飯。少し奮発しちゃった。中身は後のお楽しみね」

美月がおどけて言うと、強張っていた理穂の頬がようやく緩んだ。

一時間ほど経ち、理穂がトイレに立ったときだ。

「先生、これ見て」

悠太がにこやかな表情でスケッチブックを持ってきた。やけに静かにしていると思ったら、クレヨンでブルーベルウッドを描いていたのだった。

しなやかに伸びた樹木の幹は白とグレーで丁寧に塗られ、青い花の絨毯《じゅうたん》は一色ではなく、青と紫と白で濃淡をつけている。風が吹けば本当に花穂が揺れるのではないか

と思えるほど生き生きとした絵だ。

「本当に上手ねぇ」

言いながら胸の奥でパズルのピースがかちりとはまったような気がした。

ごろごろした胸のものもらい。あれは不快感ではなかった。あるはずのものがそこにない。そんな違和感だったのだ。

なぜ母親は自分の描いた絵を送ってこないのか。先日届いたTシャツに添えられていたのも、今回の手紙に同封されていたのも写真だけだ。絵を生業にしている人が、日々のご飯のレシピまでもカラフルなイラストで表すくらいの人が、子どもたちのためにベルギーの暮らしを絵筆で伝えてこない理由が美月にはわからない。

もし、自分が自在に絵を描けるとしたら――子どもたちのために、この美しいブルーの森を色鮮やかな絵の具で表現したくなるだろう。

美月は悠太のスケッチブックを見つめた。写真と同じように一面青い花が敷き詰められた美しい森がそこにある。恐らく悠太は写真を見ないでこの絵を描いたのだろうと美月は思った。写真にはないもの、彼の記憶の中だけに存在するかけがえのないものが色鮮やかなブルーベルウッドで息づいていたからだ。

スケッチブックの森で四人の家族――父母と姉弟はしっかりと手を繋いでいた。

幼い子の美しい記憶の再現に胸が詰まった。

「今日はとんカツにしよう。私が揚げる」

二時間の学習を終え、美月は椅子から立ち上がると宣言するように言った。

やった、と悠太がソファから飛ぶようにしてやってくる。

「そんなに嬉しい？」

美月が訊くと、

「あのね、お父さんがいないときは、揚げ物禁止なの」

理穂がテキストを片づけながら残念そうに肩をすくめた。

危ないからか、と美月は得心し、心配になって訊ねてみる。

「私が揚げ物をしても大丈夫かな」

「何言ってるの。先生は立派な大人じゃん」

理穂は勉強しているときとは打って変わって、砕けた態度でからりと笑う。

立派な大人か。そう言われるといささか自信がないが、揚げ物なら大丈夫だろう。

胸に言い聞かせながら美月はキッチンに入った。

母親がいないのによく片づけられた綺麗なキッチンだ。換気扇が汚れていないのは揚げ物を滅多にしないせいだろう。ステンレスのシンクも作業台もよく磨かれていてぴかぴかなのに、冷たい感じがしないのは、オーク材の収納棚が温かみのあるレンガ色だからだろうか。いや、毎日使う場所だから、その人間の内面が垣間《かいま》見えるのかもしれない。ここは温かくて清潔だ。だから、この子たちの母親もきっとそうなんだろう。お料理が上手で、居間に掛かった絵のように優しくて温かい人柄。

「いいキッチンだねぇ」

美月が褒めると、お父さんが磨いてくれるの、と理穂が冷蔵庫から豚ヒレ肉の入った袋を取り出した。その横で、お父さんはお掃除が好きなんだよ、と悠太が胸を張る。

そうか。父親も色々大変なんだ。そう思うと、直前に頭の中に描いた優しい母親像がぐしゃりと崩れていく。いくら仕事のためとは言っても、そこまでしてベルギーに行く必要があるのだろうか。最前のごろごろとした異物感に似たものが胸にせり上がってくる。

「先生、どうしたの」

理穂の言葉で我に返った。どうもはっきりしない母親像を美月は頭の隅へ追いやった。

とりあえず考えるべきは今日の料理のことだと思い直し、

「衣もつけてきたのよ」

じゃーん、とジッパー付きの袋に入った豚肉を目の高さに掲げた。

「すごい、すごい。早く食べたい」

飛び跳ねて喜ぶ悠太を見ると胸が痛む。わざわざパン粉をつけた豚肉を準備して来たのはふたりのためではなく、料理をしたくないから、いや、料理ができない疚しさを糊塗するためだ。大学時代のシャトル拾いやモップ掛けと一緒だ。人のことを考えているようで、その実自分の心を軽くするためにやっている。だから奈美に〝いい子〟だと皮肉を言われてしまうのだろう。

だが、そんな感情に素早く蓋をし、

「理穂ちゃんはお味噌汁作れる？」

と嫌な作業を理穂に振ってしまう。

「うん。出汁はインスタントでいい？」

もちろん、と美月が親指を立てて微笑むと、それだったら何でもいける、と理穂は冷蔵庫の野菜室を覗いた。彼女が取り出したのはもやしの袋だ。包丁を使わずに済む、と先ずはほっとする。

「キャベツなら、うちにあったのに」

千切りキャベツのパックを見ながら理穂が言う。

「でも、切るの大変じゃない？　それに私、上手に切れないから。千切りじゃなくて百切りになっちゃう」

わざと情けない表情を作る。

「ひゃくぎり、って？」

美月の冗談に真っ先に反応したのは悠太だった。いつものようにきらきらした目でこちらを見上げている。

「お料理が下手ってことよ」

さ、危ないからテレビでも観ておいで、と美月が苦笑しながら背を押すと、悠太は頬を膨らませながらも頷いた。

「もやしは食感が残るくらいがいいよね」

理穂は小ぶりな鍋を火にかけ、既にもやしのひげ根をむしり始めていた。

そうだね、と答えながら美月は彼女の手際のよさに感心した。何だかんだ言いながら、この子は毎日キッチンに立っているのだと思えば、自分の貧しい食生活が恥ずかしい。

「それじゃ、揚げるね」

温めたサラダ油にパン粉の欠片を落とすと、しゅわっと音を立てて浮き上がってきた。衣のついた豚肉を鍋の縁から滑らせるように入れれば、新鮮な油がしゃらしゃらと小気味よい音を鳴らす。キッチンに広がるフライの香ばしい匂いをかぎながら、久しぶりの料理だとまた実感する。

百切りか。つい口にした冗談を思い出しながら、美月はカツをひっくり返した。

——美月さんのは千切りじゃなくて百切りね。

鏡子が最初に吐いた毒だ。当時はまだ毒を薄める冗談と笑みが交じっていたので、頑張って早く百が千になるようにしますから、と美月も軽口を返せたし、鏡子も美しい笑みを投げ返してくれた。

ところが、そのうち鏡子の毒は濃度を増した。冗談も笑みも含まぬ毒は美月の心をじわじわと蝕《むしば》んだ。

米を研ぎ過ぎれば栄養が逃げていくとぶつぶつ言われ、牛蒡の皮を包丁で剝けばせっかくの香りが台なしになると叱られ、出汁をうっかり沸騰させればえぐみがあって使い物にならないと流しに捨てられた。何をやってもこっぴどく否定された。

これまで一生懸命に生きてきたつもりだった。努力家。頑張り屋。幼い頃から周囲の大人たちは自分を褒めてくれた。だから、さらに頑張った。そうすれば結果は自ずからついてきたし、目標に達していなくてもみんな努力したプロセスを褒めてくれた。銀行に入ってからも同じようなものだった。致命的なミスをしたことがなかったというのもあるが、失敗をしても全てを否定されるようなことは一度もなかった。

それなのに鏡子から美月を肯定するような言葉は一切出てこない。やがて盛り付けの仕方まで強張った表情でダメ出しをするようになった。

それでも我慢をした。姑の小言は自分が未熟なせいだ。まだまだ努力が足りないのだ。もっと頑張ろう。頑張って嫁として合格点をもらえるようにしよう。そう思って日々こらえた。

だが、あの日。美月の辛抱の糸はふっつりと切れたのだった。

――いいヒレ肉があったから、今日はとんカツにしようと思うんですけど。

スーパーから戻った美月が言うと、鏡子は珍しく機嫌よさそうな表情で、いいんじゃない、と言ってくれた。キャベツを刻むのも、千切りまでは行かないが百切りは卒業しつつあると自負していたから、実家でよく食べた料理を作ろうと思っていた。

じゃあ、仕事が忙しいから今日は美月さんにお任せしようかしら。鏡子は美しい顔に柔らかな笑みを浮かべ、自分の居室に入った。

そうして美月は珍しくひとりで嫁ぎ先のキッチンに立ったのだった。日曜日とあって義父の啓吾も俊平もいたのでふたりにも喜んでもらえるように張り切った。キャベツの千切りもふんわり仕上がったし、カツもからりと揚げることができた。

だが、テーブルに並べられた料理を見た鏡子は眉間に深い縦皺《たてじわ》を刻んだ。

――この真っ黒なのはなあに。

カツ丼です。険しい顔に不安を感じながらも美月は答えた。

――随分お味が濃そうだけど。

鏡子はカツを箸でつまみ上げると冷ややかに言った。

――でも、美味しいんですよ。実家の母がよく作ってくれたんです。召し上がってみてください。

美月がおずおずと勧めると、鏡子は得体の知れないものでも口に入れるようにカツの端を齧《かじ》り、

――悪いけど、私には無理。お味が濃すぎて食べられないわ。

と美しい顔を仰々しいくらいにしかめた。そして、あなたもやめてね、血圧が高めなんだから、とまだ箸をつけていない啓吾の丼も取り上げ、お蕎麦《そば》でも茹でるわ、とキッチンに立ったのだった。

大きな溜息が聞こえ、美しいアイランドキッチンの向こうで鏡子が腰を屈めた。見

なくとも二人分のカツ丼がゴミ箱に容赦なく捨てられたのがわかった。

毒などという生易しいものではなかった。いきなり胸を包丁で深々と抉《えぐ》られたような気がして血の気が引き、息苦しさで座っていることさえ難しかった。

おれは食うよ、と俊平だけは食べてくれたが、その後のことはほとんど記憶にない。

ただ、生ゴミに混じり、ばらばらになったカツと出汁の滲《し》みたご飯の塊だけは脳裏にしっかりと焼きついている。

以来、美月を責める言葉には決まって同じ言葉が添えられた。

このお味噌汁、塩辛くて飲めないわね。ご実家はみんな濃いお味なのかしら。

ご実家ではお出汁を取らないのかしら。この煮物、お醬油のお味しかしないわよ。

ご実家、という言葉で貶められる度に治りかけた胸の傷口はこじ開けられた。

そのうちにこの人は最初から私のことが、いや、私の生まれが気に入らなかったのだと美月は気づいた。息子には東京生まれ東京育ち、上品で躾《しつけ》の行き届いたお嬢様がふさわしいと考えていたに違いない。ところが案に相違して息子が連れて来たのは山出しの垢抜けない娘だった。息子の意思だから尊重しようと思ったものの、やはりこの家にこの娘はそぐわない。そう感じていたに違いない。

どんなに努力しても、頑張っても、変えられないものがある。そのことを改めて目の前に突きつけられた気がした。

家のどこにいてもいたたまれない気持ちになった。ことに身の隠しようのないアイランドキッチンに立つと鏡子の針のような目が四方から注がれているように思え、緊張で体が強張った。いくら石鹸《せっけん》で洗っても汗で手のひらがぬるぬるし、包丁が滑り落ちそうになった。むろんそんな手で刃物が上手く扱えるはずがない。美月が粗相をする度に鏡子が聞こえよがしに溜息をつく。いっそう心が縮こまる。だから手が強張って動かなくなる。まさに悪循環だった。

今まで普通にできたことが、ある日突然できなくなる。そんなことが自分の身に起きようとはこれまで考えたこともなかった。

スポーツ選手のイップスってやつだろうか。スポーツ選手だけじゃない。ベテラン作家が筆を執った瞬間から一行も書けなくなるという話を聞いたこともある。いや、もっと普通のことだ。誰もができる日常的なことができなくなる恐ろしさだ。

自分は包丁が持てない。

主婦なのに料理ができない。

母親が料理をきちんとすれば子どもは真っ当に育つ。姑の論理でいけば、料理のできない自分の子どもは捻じ曲がってしまうのだろうか。

恐ろしくなった。子育てなどできるはずがないと思ってしまった。

やがて毎晩のように夢を見るようになった。いくら力を入れても野菜も肉も魚も切れない包丁を美月は使っている。それなのにその刃は鈍く光り、少しでも指が触れるとそこから血がぽたぽたと滴り落ちた。お姑《かあ》さん、この包丁では切れないんです。美月は指の痛みに耐えながら鏡子に訴える。貸してごらんなさい。鏡子はそう言って包丁を奪い取り、ざくざくとキャベツを切っていく。軽快な音が美月を追い詰める。冷や汗が出る。息が詰まる。助けてと叫びたくなる。すると、こんなによく切れるじゃない、と鏡子は美月のほうに血の滴る包丁の切っ先を向ける。

そこでいつも目が覚めた。心臓がばくばくし、背中にじっとりと嫌な汗をかいていた。隣で眠る俊平を起こし、胸に縋《すが》りついて泣き叫びたいと何遍思ったかわからない。もう同居は嫌だ。別居してよ。お願いだからここから出してよ。

けれどその言葉も感情も呑み込んだ。

再度、眠ろうとしても目が冴えて眠れない。暗い天井を見つめているうちに自分の体がどんどん小さくなって、代わりに寝室の壁が際限なく広がっていく。やがてすぐ傍にいるはずの夫の寝息までもが聞こえなくなり、死にたくなるほどの寂寥感《せきりょうかん》に襲われる。どうして自分はこんな場所に独りぼっちでいるんだろう。どうすればここから出られるんだろう。冷たい静寂に閉じ込められたまま、美月は繰り返し自問した。

そんな夜を重ねれば誰だっておかしくなる。無理に呑み込んだ言葉や感情は消化しきれず胸の中に溜まり、腐敗し、やがて内側から美月自身を痛めつけるようになった。動悸、息切れ、頭痛、胃痛、嘔吐《おうと》。

このままこの家にいたらきっと死んでしまう。でも、誰も自分を助けてはくれない。手を差し伸べてはくれない。

だったら自らの足でここを出るしかないではないか――

「先生、大丈夫？」

理穂の言葉で我に返った。

「あ、いけない」

とんカツはきつね色より、ほんの少しだけ濃い色に揚がっていた。

「こんなの初めて」

理穂が目を丸くする。

「本当。すっごく美味しい」

悠太がこんがり揚がったカツにかぶりつく。

「よかった。ソースカツ丼っていうんだよ」

ふたりの反応に美月は心底安堵していた。この子たちにも味が濃いと言われたらどうしようと内心ではどきどきしていたのだ。

「味は濃くない？」

美月が恐る恐る訊くと、

「ううん。美味しいよ。味が薄かったらご飯に合わないもん。きっとうちのお父さんも好きだよ。今度作ってあげよう」

と理穂がご飯をかき込んだ。綺麗な子は丼を抱えていても綺麗だ、と変なところで感心してしまう。

「うん。お父さんもきっと気に入るよ。あれに似てるもん。お父さんがよく買ってくるおせんべい。ほら、何とか揚げ」

悠太の喩えは言い得て妙だ。確かに甘辛の揚げ煎餅《せんべい》の味によく似ていると思いながら、美月もカツを頬張った。

ソースカツ丼は実家の近くにあるお蕎麦屋さんの人気メニューだった。揚げたてのカツに醤油とみりんを煮立てた甘ダレを絡ませ、千切りキャベツをたっぷり載せた丼ご飯に合わせるだけの簡単な料理だ。揚げたてのカツを甘ダレにくぐらせたときの、じゅっという音と香ばしい匂いが食欲をそそる。肉に衣さえつけておけば、すぐに食卓に並べられるメニューだったのでパートで忙しい母はよく作ってくれた。部活の後、お腹がぺこぺこのときは貪《むさぼ》るように食べたのが懐かしい。

だが、姑には受け入れられなかった——ゴミ箱に捨てられていた茶色いご飯の塊が思い起こされ、今でも胸がずきりと痛む。

「理穂ちゃんのお味噌汁も美味しいよ」

気を取り直し、もやしと油揚げの味噌汁をすすった。ひげ根をちゃんとむしったもやしは土くさいようなにおいが取れて、その旨味が味噌汁にたっぷりと溶け込んでいる。出汁がインスタントだって充分に美味しい。

「またつくってね、せんせい、ショーシュカツどん」

肉を咀嚼しながら喋ったせいか「ソースカツ丼」が「ショーシュカツどん」になってしまった。その無邪気さが強張った美月の心をほどいていく。包丁を使えない疾しさはあるけれど、自分の作ったものを誰かに喜んでもらえるのは単純に嬉しい。

「次は唐揚げにしよっか」

美月の舌はついなめらかになる。

「やった！　それじゃ、お母さんの唐揚げがいい」

悠太がカウンターの上部に貼られたレシピへ目を転じ、あれだよ、と箸で指す。

お助けカレーの横に山盛りになった唐揚げが目に入った。

♪♪　にんにく、しょうが、りんごをすって、おしょうゆ、お酒、みりんと混ぜよう。袋の中でお肉と合体。三十分ほどお昼寝させて片栗粉と小麦粉の衣を着せる。軽くはたいて油の中へ。おっと、忘れちゃいけない。衣を着せたお肉にはお酒のシャワーをしなくちゃね。これでからり、さくり、と美味しい唐揚げのでき上がり。

「お酒のシャワー？」

美月が理穂に訊くと、

「うん。お肉を油に入れる前にね、お母さんはお酒を霧吹きするんだよ」

そう、お肉がお酒のシャワーを浴びるんだよ、と悠太が間髪いれずに補足する。

「ああ、そうか。お酒が蒸発するときに余分な水分を持って行ってくれるんだね。だからからっと揚がるんだ」

たぶん、と理穂は頷いたが、悠太はきょとんとしている。

「お母さんはお料理が上手なんだね。いいな、羨ましい」

美月が言い直すと、

「うん。お菓子も上手だよ。特にパンケーキ！」

悠太が箸を持ったまま大きな声で叫んだ。

「そう。どんなパンケーキなの？」

「えっとね、色々だよ。蜂蜜とバターとか、あんこと生クリームとか、それとね
――」

「ねえ、先生。お母さんのアトリエを見たい？」

悠太の言葉を遮るかのように理穂が訊いた。どことなく不自然な印象だった。まるで悠太にそれ以上パンケーキのことを喋らせたくないかのような。

胸の奥がまたごろごろする。と同時に父親に了解を取らなくてもいいのだろうか、という心配が首をもたげる。

「お父さんがいらっしゃらないのにいいのかな。お母さんがお仕事をする場所でしょう」

「お父さんが、いいよって言ってたから大丈夫。食べ終わったら見せてあげる」

先生は特別だから、と言ってこちらへ寄越した理穂の笑顔は少しだけ強張って見えた。

十

「どうぞ」

足を踏み入れた途端、絵の具と紙の匂いに包まれた。

造り付けの大きな書棚には絵本や料理の本以外にも、小説、地図、辞書などが整然と並べられている。創作のための大きな机には、パソコンと広げられたままのスケッチブックがあった。窓際に置かれたモスグリーンの布製ソファだけが仕事部屋という雰囲気からかけ離れている。恐らくここは第二の居間なのだろう。あの大きなソファに家族四人が腰を下ろして語らう姿がありありと思い描けた。

「すごいね」

適当な語彙が思い浮かばず、陳腐な褒め言葉になってしまったけれど、悠太は嬉しそうに、すごいでしょ、と美月の手を引いて本棚の前へと連れて行く。

「どれを読む？」

澄んだ目で訊かれると適当に選ぶのも憚《はばか》られ、悠太君のお勧めは、と訊ねれば、

「今はこれかな」

と悠太は右端にあった一冊を小さな手で引っ張り出した。

『かあかあ、かあさん』というタイトルだった。

柿色に染まった夕空と裸の枝にぽつんと止まった子ガラスが描かれた表紙だ。初冬を思わせる風景とカラスを描いているせいか、居間の絵やレシピの明るい色調とは異なり、どこか暗さと寂しさを纏っていた。

こっちで読もう、と悠太はいそいそと美月の手を引いて窓際のソファへ向かう。理穂と悠太に挟まれて座り、絵本を開く。


かあかあ。かあさん、帰ってこない。

カラスのかあ太は鳴きました。

かあかあ。かあさん、どこへ行ったの。

カラスのかあ太はまた鳴きました。

かあかあ。かあさん、おなかがへったよ。

カラスのかあ太は夕映え空を見上げます。

とろりと甘そうな空の色。

かあさんと食べた柿の色。

子ガラスが実を落とした柿の木に止まっている。彼は空をじっと見つめていた。切ないくらい真っ赤に染まった空。刷毛で引いたような墨色の雲。始まりは暗い色だ。ページをめくる。見開きいっぱいに子ガラスの泣き顔が描かれていた。空の面積を広く取っていた前ページとは対照的だ。幼い読み手は子ガラスのアップに先ず驚き、そして両の目からほろほろと流れる涙に感情移入するだろう。

ますますおなかがすいてきます。
かあかあ。かあさんに会いたいよ。
カラスのかあ太の黒目からほろりと涙がこぼれます。
かあかあ。かあさんに会いたいよ。
鳴くたびに涙がこぼれます。
かあかあ、ほろり。かあかあ、ほろり。
かあ太は鳴いているのではなく、泣いているのです。

次ページは真っ黒に塗り潰されていた。闇にカラスが紛れた様子を描いているのだろう、白抜きの大きな文字と大粒の涙だけが並んでいる。ユニークなのに恐ろしい。

そうこうしているうちに空は柿色から真っ黒に変わりました。
かあさんの羽の色と同じです。
かあさんの目の色と同じです。
かあさんは広いお空に溶けてしまったのでしょうか。
かあかあ、わんわん。かあかあ、わんわん。
カラスのかあ太は声をからして泣きました。

黒い空に丸々とした青白い月。木の枝で泣きながら眠ってしまった子ガラスが仄白く浮かび上がる。寂しさで胸が締め付けられる。

すると月の向こうからふうわりと風が吹いてきました。
ふうわり。ふうわり。やさしい風です。
やがて空からすとんと何かが落ちてきます。
それは羽のおふとんでした。

ほかほかとあたたかい羽のおふとんは言いました。
ただいま。
かあかあ。かあさんの声でした。
おかえり。
かあかあ。かあ太は笑います。
かあかあ。かあさんの声は言いました。
今泣いたカラスがもう笑った。

母ガラスが子ガラスを大きな羽で抱いている。仲睦まじい母子の背景には大きな月が描かれていた。月光を受けたカラスの羽はべたりとした黒ではなく、つややかな青みを帯びていた。こんな優しい黒色を見たのは初めてだ。

——今はこれかな。

悠太の言葉が甦った。母親の帰りを待つ子ガラスに、彼は自分の姿を重ねているのかもしれない。裏表紙は母ガラスに包まれながら眠る子ガラスだった。寂しさと安堵で両側から挟みこむように装丁された絵本は、切なく愛《いと》おしい。

彼らの母親は、やっぱり温かくて優しい人だ。こんな絵を描く人が子どもを愛していないはずがない。

「いい絵本だね」

本の裏表紙を見ながら美月は褒めた。

「お母さんの本の中で一番人気があるんだって」

理穂は平板な口調で言った後、

「けど、あたしはあまり好きじゃない」

ときっぱりと告げた。

その物言いに驚いた。どうして、と訊きかけた美月の声に、

「お姉ちゃんのバカ！　お母さんの本を嫌いだなんて言っちゃ、ダメなんだ」

悠太の大声がかぶさった。

理穂の顔が一瞬泣きそうに歪んだ。美月にはそう見えた。だが、すぐに笑顔になると悠太の頭を軽く小突いた。

「馬鹿は悠太のほうだよ。嫌いだなんてひとことも言ってないじゃん。お母さんの本の中ではあまり好きじゃないって言ってるだけ」

「どうして、好きじゃないの？」

美月は改めて訊き直した。悠太は不機嫌そうにまだ口を尖らせている。

理穂はたいしたことではないとでもいうように肩をすくめると、

「だって、その絵、暗いんだもん。子どもが読むのに暗いってどうなのって。もっと明るい絵本のほうがいいよね。『おひさまサンドイッチ』とかさ。悠太も好きでしょ？　あのサンドイッチが食べたいって、よく言ってるじゃん」

あっけらかんと言った。

悠太の口元がようやく緩む。

「あれも、先生に見せてあげなよ」

と理穂が本棚を目で指すと、そうだね、と悠太がソファから飛び跳ねるようにして立ち上がり、すぐに絵本を持ってきた。

「先生、はい」

暖色中心の表紙が目を打った。分厚い卵焼きを挟んだサンドイッチをウサギが食べている。背景はオレンジ色の太陽、青々と茂った大木と枝に止まる小鳥たち。確かに見ているだけで明るい気分になる。

「先生は子どもの頃にどんな絵本を読んだの？」

理穂が唐突に話題を変えた。

「『ぐりとぐら』とか、『小さなスプーンおばさん』とか」

理穂の様子に違和感を覚えつつ、美月が声に明るさを纏わせると、

「あたしも大好き。食べ物が美味しそうなんだよね」

理穂が屈託なく笑い、ぼくも大好き、と悠太がソファでぽんぽんと体を弾ませた。

ふたりの明るい表情に安堵し、

「そうそう。大きなカステラ、たんぽぽやクローバーを挟んだサンドイッチ、熱々のマカロニスープ。どれも美味しそうで読むと食べたくなっちゃう」

と美月も笑顔で話を続ける。

「先生、食いしん坊だね」

美月の言葉を受けて悠太がくすくす笑った。無邪気な笑い声に誘われたかのように、開けた窓から湿った夏の夜風がするりと入り込む。草と土が混じったような青い匂いがアトリエに漂う。雨の萌《きざ》しを感じさせる匂いだ。

「女の子はみんな食いしん坊よ。ねえ、理穂ちゃん」

水を向けると、うん、と理穂は頷いた。

「お母さんもそうだったんだって。だから食べ物の絵本を描き始めたんだって」

食べ物の絵本。そう言えば、悠太も同じようなことを言っていたような気がする。

——お母さんはね、美味しいものをたくさん描きたいんだって。

小さな手で差し出された絵本は『おまじないさえ、となえれば』というタイトルだ。

──おまじないをとなえてごらん。

絵本の文言が耳奥で響いたような気がして思わず窓の外を見る。薄ぼんやりとした夏空に絵本のような光り輝く月はなかった。

お母さんはいつ帰ってくるの、と美月が訊こうとしたとき、

「先生、また一緒にごはん食べようね」

母親のことを思い出して俄かに寂しくなったのか、それまで笑っていた悠太が美月の手をぎゅっと握った。温かい手はほんの少し湿っていて、小さな胸の奥を垣間見たような気分になる。その手を包み込むようにして握り返し、うん、明後日《あさって》も一緒に食べようね、と美月は頷いた。

悠太の寂しそうな顔を見たら、母親のことを訊けなくなってしまった。

賑《にぎ》やかだったアトリエがしんとした静けさに包まれると、地面にしみこんでいくようなひそやかな雨音を耳が捉えた。しっとりとした土の匂いが濃くなっていく。

「雨降ってきちゃったね。ごめんね、先生遅くなって」

しんみりした空気を振り払うように理穂が張りのある声で言った。

「ううん。私は大丈夫だけど、悠太君はお風呂に入ってそろそろ寝なくちゃね」

悠太の手をそっと離すと立ち上がり、美月は『おひさまサンドイッチ』と『かあかあ、かあさん』の絵本を本棚へ戻した。

振り返ると、仕事机に広げられた大きなスケッチブックが目に入った。パンケーキの絵だった。何枚も重ねられた丸いパンケーキには蜂蜜かフルーツソースのようなものが掛かっているが、色が塗られていない。描きかけであるのは一目瞭然だった。

美月はスケッチブックを手にすると、こちらを見ている悠太に訊いた。

「このパンケーキも美味しそう。上に掛かっているのは蜂蜜かな」

「えっと――」

薄茶色の目が僅《わず》かに揺らいだように見えた。何かを言いたそうに口をもぞもぞと蠢めかせていたが、

「そうだ。ぼく、お風呂に入らなくっちゃ」

と悠太はスケッチブックからついと目を逸らした。

胸の異物がまたごろごろと騒ぎ出した。あんなに母親のことを自慢げに喋る悠太の反応にしては素っ気ないように思えたのだ。腑に落ちぬものを感じながらスケッチブックを置いて視線を上げると、理穂の目とぶつかった。

気のせいだろうか。綺麗な瞳の奥にいつかの青い影がよぎったように見えた。母親からのエアメールをカウンターへ無造作に置いたときのような。何かに怒っているような。いや、何かを諦めているような。

その目はゆっくり瞬きをした後、美月の肩の辺りをすり抜けて本棚の一番右端へ向けられた。

かあかあ。かあさん、どこへ行ったの。

絵本の文言が耳奥で甦る。

十一

「いらっしゃいませ！」

店に入ると、元気な声と醤油だれの香ばしい匂いに出迎えられた。

「お二人様ですか」

陽に焼けた短髪の店員が白い歯を見せて訊ねた。北條が頷くと、こちらへどうぞ、と店員はカウンターの椅子を引いた。入り口に近い席である。

カウンター席と六畳ほどの小上がりがある小さな店だが、肉が丸々として美味しいと評判の焼き鳥屋、「鳥福」だ。小上がりの二卓は既に埋まっており、六席あるカウンターも美月たちでいっぱいになってしまった。

俊平に麒麟塾前で待ち伏せされて以来、北條は美月を駅まで送ってくれる。美月は彼の残業を手伝ったり、予習をしたりして帰宅時間を合わせるのだが、仕事が早く上がれたときはこうして食事をする。ここへ来るのは今日で三度目だ。

ジョッキとグラスビールね、とオシボリを持ってきた店員に告げた後、

「何にする?」

と北條は手を拭きながら美月に訊いた。

「アスパラとトマト、それとレバー」

貧しい食生活を考え、つい野菜を頼んでしまう。

「それじゃ、ぼんじりと皮ともも。後でおにぎりをください」

注文を受けると、店員は暖簾《のれん》の奥へ姿を消した。

「その後、理穂ちゃんとはどう?」

カウンターの上部についている白熱灯が彼の表情を柔らかく見せている。

「いい感じですよ。昨日は母親のアトリエに入れてもらいました」

悠太の湿った手を思い出すと胸が引き絞られた。子どもの寂しそうな様子を見るの

はやはりつらい。

「ふうん、アトリエか。実はさ、おれ、あの本を本屋で見てみたんだ」

「あの本って？」

「ほら、最初に倉橋さんちに行ったとき、借りたって本」

「『おまじないさえ、となえれば』ですか？」

北條が絵本を手に取る姿を想像し、つい口元がほころぶ。

「それ。おまえやけに真剣に読んでたしさ、月のスープって何だろうって思ったから」

北條は店員が持ってきたジョッキを美月のグラスに軽く重ねてから、一気に飲んだ。美月もグラスビールに口をつけた。ビールは最初の一杯だけで、明日のことを考え、大体小一時間で帰る。

「で、どうでした？」

北條がジョッキを置くのを待ってから美月は訊ねた。

「肝心のおまじないが書かれてなかったんだけど、覚えてる？」

「ええ。覚えてます。おまじないは心の中にあるからでしょ」

教えられないいんだって。自分で考えるんだよ、ってお母さんが言ってたよ。

二度目の訪問のとき、確かそんなふうに悠太が言っていた。きっと彼も書かれていないおまじないを不思議に思って佳奈さんに訊いたのだろう。母親の膝で甘える悠太の姿が思い浮かび、温かく切ない気持ちになった。

「うん。作者は何て書きたかったのかなって想像してみた。あれって、満月の夜にお祖母《ばあ》ちゃんを亡くした男の子が立ち直る話だろ。立ち直るためにはさ、どんなおまじないを言うべきなのかな？」

そんなふうにはあまり考えなかった。あれは、「美味しい料理を作れて、幸せになるためのおまじない」ではないのか。その感想をそのまま北條に告げると、

「なるほど。そう感じたのか。面白いね」

口についた泡をオシボリで拭いて北條は興味深そうに頷いた。

「でも、北條さんの解釈のほうが正しいと思います。佳奈さんに会ったら訊きたいと思いますけど。お祖母ちゃんが死んだ夜、つまり満月の夜が大嫌いだった子が、最後は大好きになるんですもんね」

「いや、解釈は色々あっていいんじゃないかな。創作物ってそういうもんだろ」

北條が言ったとき、お待たせしました、と焼き鳥の皿が前に置かれた。

「お、来た。美月さん、お先にどうぞ」

北條がもともとレバーの皿を美月の前にずらす。

「ありがとうございます。じゃ、先輩はこちらをどうぞ」

代わりにトマトとアスパラの皿を勧める。

「おれ、野菜？」

北條が大仰に眉を下げる。

「そうです。焼肉弁当ばっかりじゃ、ダメですよ」

自分の貧しい食生活を棚に上げ、北條に先に野菜を食べさせる。

「はいはい。それじゃ、いただきます」

そう言って北條はトマトの串を手に取った。

「お、すげえ美味いよ。美月も食えよ。焼いたトマトってこんなに甘くなるんだ」

北條が大きな目を見開いた。

「知ってます。前回も私が勧めたのに食べなかったじゃないですか」

美月が軽く睨むと、そうだっけ、と笑いながら北條はとぼけた。

屈託のない彼の顔を見ながら美月は夕方のことを思い出していた。

出勤直後、大学生の松井《まつい》という講師に話しかけられた。

――間違っていたらごめんなさい。高坂さんと北條さんって、そういう仲なんですか。

ごめんなさい、という詫《わ》びの言葉とは裏腹なあっけらかんとした訊き方にむっとした。大学時代の先輩だと伝えたが信用していない様子の彼女を見て、離婚が決まっていないのに北條と親しくするのはあまりいいことではないのだろうかと思った。それでも、疚しいことは一切ないのだからと美月は自分に言い聞かせた。何より、自分の胸の奥にはあの日の北條の言葉が大切にしまわれている。

おれがおまえを守るから。

あの言葉には一点の曇りもない。上司として、人として美月は彼を信頼し、尊敬している。何もわかっていない他人に、そんな気持ちを踏みにじられるのは真っ平だった。

「で、話が戻るけどさ」

北條の言葉で不快な物思いから解かれた。

「おまじないの中身ですか？」

「うん。ふたつ思い浮かんだんだ」

おばあちゃんに会いたいよ。

おばあちゃん、天国で幸せにね。

「どっちだと思う？」

北條は至極真面目な顔で訊く。

「うーん。どっちかな」

ふたつを頭の中に並べてみたが、どちらもしっくり来なかった。絵本が目の前にないからか、何だかもやもやする。

「どっちもいまいち、ってことか。で、本題はここからなんだけど」

「今のは前振りってことですか」

真剣に考えたのに、と美月はわざと顔をしかめて文句を言う。

「悪い、悪い。実はさ、あの絵本の内容を今の自分に当てはめてみたんだ。つまり、おれの心の中にある問題を解決するには、どんなおまじないを唱えたらいいんだろう。柄にもなく、そんなことを考えたわけ」

飄々《ひょうひょう》とした口ぶりと「心の中にある問題」という言葉の落差に戸惑った。彼が抱えているものに触れてもいいのだろうか。週に三度顔を合わせ、こうして送ってもらっているけれど、お互いに心の奥底まで見せているわけではない。そもそも美月は北條の転職や離婚の原因について何も知らない。

彼の意図を推し量り、美月が逡巡しているうちに、

「で、考えたけど、自分のこととなると、途端に浮かばなくなるんだ」

淡々と言って北條はジョッキの残りを飲み干すと、

「美月だったら、どんなおまじないが欲しい？」

真っ直ぐにこちらを見つめた。


鳥福を出たのは十時半過ぎだった。

「ごちそうさまでした」

改札前まで送ってくれた北條に心をこめて礼を言う。

「こちらこそ、飯に付き合ってくれてありがとう。明日は倉橋家だな」

駅の灯りが北條の瞳に映りこみ、いっそう柔らかい色になる。

「はい。頑張ってきます」

「うん。頼むな。それじゃ気をつけて帰れよ」

北條は手を振り、背を向けた。

遠ざかる大きな背中を見ているうち、胸の底から突き上げるものがあった。北條は
なぜおまじないの話などしたのか。

——立ち直るためにはさ、どんなおまじないを言うべきなのかな。

――美月だったら、どんなおまじないが欲しい？

問いかけの答えを出すのはとても難しい。それこそ〝解釈〟は色々あるのだ。悠太が言ったように、人には教えられないもので、自分自身で考えなくてはならないものだ。

「北條さん」

去っていく背を大きな声で引き止めた。

北條がゆっくり振り返る。

忙《せわ》しない人々の流れから彼だけが切り取られたように見えた。まるで彼の存在する場所だけ時が止まっているかのようだった。早くしないと空間ごと彼が消えてしまうように思えて、美月はその場所へ真っ直ぐに駆けていった。

北條の前に立った途端、周囲の喧騒がすっと遠ざかる。

こちらを見下ろす柔らかな眼差しを受け止め、美月は大きく息を吸い込んだ。

「さっきは答えられなかったけど、私もおまじない、考えてみます」

止まっていた時が一斉に動き出す感覚があった。人々のざわめきや、無秩序な硬い足音が美月の鼓膜になだれ込み、コンコース内の熱い空気が肌に纏わりついた。

「うん。おれも考えるよ」

それじゃ、また明後日な、と北條は朗らかに笑うと再び手を振った。

広い背中が雑踏に紛れるまで見送ると美月は踵を返した。

その途端、強い力で腕を掴まれた。

驚いて振り返ると、俊平が青白い顔で立っていた。

切れ長の目も通った鼻筋も少し薄い唇も変わらぬままなのに、以前は端整なその顔が大好きだったのに、感情の読めぬ作りものめいた顔はただ恐ろしかった。

「やっと捕まえた。一緒に帰ろう」

そう言って彼は片頬だけで笑った。

掴まれた二の腕がざらりと粟立《あわだ》つ。

半年以上も前のことが美月の脳裏にゆっくりと、けれどくっきりと甦った。

十二

俊平と結婚して迎える初めての大晦日《おおみそか》。美月は姑の鏡子と一緒におせち料理の支度をしていた。

姑ご自慢のアイランドキッチンは、御影石の天板がぴかぴかに磨きこまれ、いつ見ても美しい。そのせいか、結婚して半年以上が経つのに美月は未《いま》だにショールームにいるような気になってしまう。大人三人が並んで立てるほど幅の広い作業台にはローストポーク用の塊肉の他に、煮しめや酢の物などになる野菜が置かれていた。美しい桃色の豚ロース肉は百グラム千円のブランド豚で、大根も牛蒡もにんじんも有機農法で作られた産地直送野菜だ。

結婚してすぐの頃だっただろうか。実家の母が地元の野菜を送ってくれたとき、

――うちは有機野菜しか使わないのよねぇ。ご実家にそうお伝えしてちょうだい。

と鏡子は悪びれることなく言って、それらを捨てたのだった。不恰好な茄子《なす》やトマトがゴミ箱の隅で泣いているような気がして美月は胸が引き絞られた。

母が知り合いの農家に分けてもらったのだろう。露地物の茄子やトマトは見た目こそ悪いが、驚くほど甘くて美味しいはずだった。故郷の土が育《はぐく》んだもの、いや、自分を育んでくれたものがゴミ箱に無造作に放り込まれている。それは自分自身がゴミ扱いされているも同然だった。

何より悲しいのはそんな野菜を不要だと母へ伝えることだった。それは取りも直さず母を否定することになるのではないか。自分自身を産み育ててくれたかけがえのない存在を否定する。それが他家に嫁ぐことなのかと胸裏で反論しながら美月は迷った。

もう野菜はいらない。その一言を伝えるべきか否か。伝えなければ母はまた送ってくるだろう。だが、間違いなくゴミ箱行きだ。これ以上、悲しそうな野菜を見るのは耐えられなかった。

結局、美月は電話で母にこう告げた。なるべく柔らかい口調で。

——ごめんね。お姑さんは有機野菜しか使わないの。だから、もう送らなくていいからね。

そう、と母は短く返しただけだったが、娘によってその心はしたたかに傷つけられたに違いなかった。

電話を切った後、美月はかつて母に言われた言葉を思い出した。俊平との結婚が決まる前。何かの折に帰省して一緒に洗濯物を畳んでいたときのことだったように思う。

お父さんとお母さんが死んでも、独りぼっちじゃないと思える人と一緒になりなさい。

嬉しいような気恥ずかしいような気がして、そのときは何気なく流してしまった母の言葉。それが今、ずしりと重みを増してくる。

明日、もし父と母が交通事故で死んだら、間違いなく自分は独りぼっちだ。

もう野菜はいらない。そんなひどい言葉で母を傷つけ、遠ざけたのは自分のほうなのに、あんたなんかもう私の娘じゃない、と言われたような、母子の縁を切られたかのような、途方もなく寂しい気持ちになっていた。

苦く切ない記憶を思い起こしながら、高い有機野菜と故郷の野菜と何が違うのだろうと美月が溜息を呑み下したときだった。

「壱《いち》の重には何を入れるか知ってるわよね」

鏡子が牛蒡の皮をたわしでこすりながら訊ねた。ひとつにまとめられたつややかな髪には白髪一本見当たらない。ベージュの細身のパンツに黒いカシミアのセーター姿は上品で若々しく、自分の母とほとんど齢《とし》が変わらないなんて未だに信じられない。

「焼き物ですか」

ローストポークにすり込む塩と胡椒を手元に準備しながら美月は答えた。本格的なおせち料理など作ったことがないので、ここ一週間ほどは憂鬱だった。

数日前に奈美に電話で相談したが、

――いまどきおせち料理なんて作れなくても気にすることないわよ。姑には何も知らないから教えてください、って顔をしとけばいいじゃない。

受話器の向こうで笑われたのだった。

「お勉強はできてもこういうことはダメなのね。考えたらわかるでしょ。先ずはお酒をいただくんだから」

鏡子はブランド豚を思わせる美しい桃色の唇を僅かに歪めて微笑んだ。

またか、と美月は胸の中で舌打ちをする。こうしてわざと遠回しにものを言うのは、その方が相手をより痛めつけられると知ってのことだ。こんな底意地の悪い人間に、何も知らないから教えてくださいなどと言えるわけがない。

「おつまみになるようなものですか」

こめかみの辺りが疼くのをこらえながら美月が訊くと、

「そうね。祝い肴《ざかな》と口取《くちと》りというのよ。それくらい知っているかと思ったわ。焼き物は弐《に》の重。ご実家のお母様はおせちを作らなかったのかしら」

ご実家、という言葉が胸の傷を無造作になぞる。ゴミ箱に捨てられた出汁の滲みたカツとご飯が、不恰好でも色鮮やかな茄子とトマトが、美月の脳裏にくっきりと浮かぶ。息苦しくなる。

「いいえ。煮物や酢の物を作っていましたけど」

辛うじて反論の言葉を返すが、鏡子は美月をなぶる手を緩めない。

「そう。じゃあ、ご実家のお母様はお重には詰めなかったのかしら。それとも作法をご存知なかったのかしらねぇ」

朗らかに笑いながら牛蒡を手際よくささがきにしていく。しゅっしゅっと音を立てて走る刃先がこちらへ向けられているような気がして、見ていると鳩尾《みぞおち》の辺りがきゅっと縮む。美月は鏡子の手元から目を逸らし、豚ロース肉の塊に塩をすり込んでいく。

「塩加減、気をつけて頂戴ね。あなたのお料理、お味が濃いから」

牛蒡を酢水に晒《さら》しながら鏡子はこちらも見ずに冷ややかに言い捨てた。

はい、と返事をした後、美月は桃色の美しい肉の塊にもうひとつまみ、塩をなすりつけたくなった。

ローストポークなんて洒落《しゃれ》たものは入っていないけれど、母の作るおせち料理は充分に美味しかった。懇意にしている農家から分けていただく里芋は、形が不揃いでも嚙むと豊かな土の香りがし、ほくほくとしていながらねっとりと甘い。祖母の時代からそうしているからと、石油ストーブの上でことこと煮た金時豆は少し煮崩れているが、舌でつぶせるくらいにふっくらとして優しい味だ。あんなに美味しい金時豆は日本中どこを探したって売っていない。嫁いでようやく気づくなんて。瞼の裏がじわりと熱くなった。

美月はオーブンに肉の塊を入れた後、洗面所へ立った。金時豆を思い出しただけで涙が出るなんてどうかしていると思いながら。

松の内が明けると美月はますます体調を崩しがちになった。

今年の冬は寒いからだろうと夫は言ったが、それだけが理由ではない。大学の客員教授である姑が講義で週に二回、家を空ける日は体調がよかった。いわゆる登校拒否や出社拒否みたいなものだろう。姑と一緒にキッチンに立つのを美月の体も心も拒んでいるのだ。それでも、今日こそは起き上がろうと毎朝のように試みるのだが、頑張ろうと思えば思うほど心が萎縮し、こめかみや胃がずきずきと痛くなった。

そんな状態で二月を迎えたある日のことだった。体調が悪い上に風邪を引いたらしく、美月は昼頃から臥《ふ》せっていた。温い泥にとろとろと沈みこんでいくような眠りを、時折訪れる頭や背中の痛みが妨げる。夢と現《うつつ》の間を行きつ戻りつするような状態から不意に解き放たれたとき、部屋にはすっかり濃灰色の闇が降りていた。

喉がひりひりするほど渇いていた。水を飲もうと夫婦の寝室から居間へ下りて行くと、楽しそうな鏡子と俊平の話し声が聞こえる。体調が悪くて家事ができなかったことを鏡子に謝っておいたほうがいいだろうと、ドアノブを掴もうとした瞬間、美月の手は止まった。

「あんなに粗忽《そこつ》なお嬢さんだと思わなかったわ」

鏡子の晴れやかな声がした。

そこつ。そそっかしいという意味か。いや、もう少し悪意を含んでいるような気がするが。ぼんやりとした頭で美月は思う。

「大目に見てやってよ。田舎者なんだから」

俊平の低い声が続く。

ああ、そうか、と腑に落ちた。そそっかしいというより、がさつで粗野だとでも鏡子は言いたかったのだろう。

「田舎者でもきちんとした子はいるでしょう。あれじゃ、お料理を教えるどころの話じゃないわ。包丁も使えない、お出汁ひとつ取れないんだもの。そのくせお勉強ができるからかしら、変にプライドばかりが高くって、知ったかぶりなんてしなくていいのに。まあ、普通は母親の背中を見て育てば料理なんて自然に覚えるものだけどねぇ。ご実家のお母様はあまりお料理をなさらないのかしらね。得意料理があんなカツ丼じゃねぇ」

あまりの言い様に美月は胸の中で反論した。

プライドなんて高くないし、知ったかぶりもしていない。あなたが意地悪で高飛車だから訊きたいと思っても訊けないだけではないか。それに、母の悪口を俊平の前で言うなんて許せない。

言葉を口に出しているわけでもないのに、熱と怒りのせいでぜいぜいと息切れがした。

「まだ結婚して一年も経ってないんだからしょうがないよ。おせち料理も頑張って作ってたじゃないか」

俊平が美月の肩を持つようなことを言った。有り難いと思ったのも束の間、

「何言ってるの。ほとんど私が作ったのよ。あの子はお重に詰めただけじゃない。それすらもできなくて私が教えたんだもの」

鏡子は強い口調で反論した。

そうだけどさ、と途端に俊平の勢いが弱くなる。すかさず鏡子が畳み掛ける。

「最初のお嬢さんのほうがお母さんは好きだったわ。上品で綺麗で。何と言ったかしら、そうそう、青山さん。お料理教室にも通ってらしたって言ってたじゃない」

「今さらそんなことを言うなよ。あのときはあのときでプライドが高そうな子ね、って言ってたじゃないか。おふくろが反対したから別れたんだぜ」

俊平の語勢が戻った。熱で朦朧《もうろう》とした頭の中にかつての同僚の顔が思い浮かんだ。ただ顔が綺麗なだけじゃなく、父親は弁護士で神戸出身のお嬢様で、すらりと背が高くてモデルみたいに垢抜けていた。俊平と並んで歩いていたらさぞ人目を引いただろ

う。

　そんな青山にさえ、鏡子はけちをつけた。それなのにどうして自分のような女との結婚を許したのだろう。はっきり拒んでくれればよかったのだ。こんな垢抜けない子と結婚するのは認めない、うちの嫁としてはふさわしくない、そう言って追い返してくれればよかったではないか。

　そんな美月の思いに呼応するかのように、

「確かに済んだことを蒸し返しても仕方ないわね」

と溜息交じりに洩らした後、鏡子はなおも先を続けた。

「問題はあの子のことよ。あなたが好きだっていうから結婚させたけど。あんなに使えない子だとわかっていたら、認めなかったわ。母親がきちんと料理できないと子どもはまともに育たないのよ。でもねぇ、まさか家政婦じゃあるまいし、使えませんって今さら返すわけにはいかないもの。私だって色々と我慢してるのよ」

　青山の綺麗な顔など瞬時に吹き飛んだ。

　使えない。家政婦。返す。

　熱でぼうっとしている頭の中を、鏡子の言葉が羽虫のようにわんわんと音を立てて飛び交う。冗談ではないことは彼女の口ぶりから察せられた。だが、冗談でも人をモノ扱いするなんて考えられない。今まで生きてきて、人からそんなふうに扱われたことは一度もなかったし、自分自身もそんなふうに他人を見たり扱ったりしたことはなかったつもりだ。

怒りよりも衝撃で美月はドアの前で動けなくなった。

「あともう少しだけ我慢してよ。そのうち使えるようになるからさ」

俊平がなだめると鏡子は少し声色を和らげて言った。

「そうね。まあ、子どもができなければいつでも返せるしね」

母親のその言葉を俊平は否定しなかった。

夫の無言の返答はドアをすり抜け、寸分違《たが》わず美月の胸の真ん中を突き刺した。

返品可能。クーリングオフ期間は子ができるまで。

反論しなかったということは、夫も姑と同様、そう思っているということなのだろうか。もしかしたら母親に気を遣ったのかもしれない。だが、やはり否定して欲しかった。どれほど田舎者でもがさつでも自分が選んだ女なんだと、母親の前でそう言って欲しかった。振り返ってみればカツ丼を作ったときもそうだった。夫は妻に対してひどい言いざまをした母親をたしなめることもせず、まるで他人事のように聞き流し、カツ丼を食べていただけだった。

喉が渇いてきしきし音がしそうだったけれど、美月はキッチンに入れずに寝室に戻り、ベッドにもぐりこんだ。

優しい夫のはずだった。交際していた頃も美月が仕事の愚痴をこぼすと、うんうんと頷きながら親身になって聞いてくれたし、結婚式も新婚旅行も美月の好きなようにすればいいよと言ってくれた。ここ数日も、体調が悪いのなら無理しないで寝てろよ、といたわる言葉をかけてくれた。

優しい夫？

だったら、なぜ私の不調の原因に気づかないのだろう。ここまで追い詰められている私を見て、なぜ彼のほうから別居しようと言ってくれないのだろう。

頭も体も熱で溶けそうなのに、心の芯だけは凍りついたかのように冷え冷えとしていく。

体の震えが止まらない。寒くて寒くて仕方がない。

だから美月はかつて夫に言われたあの言葉を何遍も繰り返した。何かに縋りついていないと体がばらばらになってしまいそうな気がして、馬鹿みたいに何遍も何遍も繰り返した。

そうするうちに美月は気づいた。その言葉を俊平がどこでどんな口ぶりで言ったのかは覚えているのに、表情だけはどうしても思い描けないのだ。

美月がいいんだ。美月がいないと困る。

甘く温かい思い出のはずなのに、美月の脳裏ではどこにも凹凸のないのっぺらぼうの俊平がただ同じ言葉を吐き出すだけだった。

毛布を顎まで引き上げたが体の震えはますますひどくなり、関節やこめかみがズキズキと痛んだ。

どれくらいの時間が経っただろう。階段を上る足音がして夫が寝室に入ってきた。

「具合はどう?」

柔らかい声が胸の中にじんわりと沁みいり、冷たく強張ったものを溶かしてくれるような気がした。

今にも溢れそうになる涙をこらえながら、大丈夫、と美月は自らに言い聞かせるように答えた。

すると夫は枕元に来て美月の髪を撫でながら、

「無理をしないでよくなるまで寝てろよ。おふくろも心配してるから」

そう言って笑んだ。

その右頬だけがほんの少し上がっていることに美月は気づいた。

この人は嘘をつくときにこんなふうに笑うのだ。

――他の誰でもない。美月がいいんだ。

あのとき、私を抱きしめながら夫はどんな顔をしていたのだろう。どんなふうに笑っていたのだろう。

見たわけでもないのにその笑顔が頭の中でくっきりと像を結んだ。同時に背筋を冷たいものがそろそろと這い上がり、目の前の彼がすっと遠ざかるような気がした。

もう知らなかったことにはできない。

自分はこの先ずっと、彼が笑う度にびくびくするのだ。そして、嫌でも笑顔の裏に隠されたものを掬い取ろうとしてしまうのだ。

そう思うと冷え切った心の芯がみしりと音を立てて折れた。

＊

冷房の効き過ぎた店内に入り、美月は苦い物思いから矢庭に解かれた。

話に応じなければ家までついて行くと、改札前で俊平に脅されて、仕方なく駅の近くのカフェへと場所を移したのだった。

夜の十一時近いカフェは比較的混んでおり、酔客の他にはパソコンを開いている大学生らしき男や、私服だがどう見ても十五、六にしか見えない幼い顔立ちの女の子たちでテーブルが埋められている。彼女たちの目はすぐ近くにいる生身の友人ではなく、手の中の無機質な画面に向けられていた。

入り口に近いテーブルに向かい合って腰を下ろす。

「やっぱり北條だったんだ」

俊平が感情のこもらぬ声で言った。意味がわからず美月が黙っていると、彼はよもやま話でもするように話し始めた。

「実はさ、一度、横浜駅の近くでたまたまおまえを見かけたんだ。おれ、上司と一緒だったから声を掛けられなかったんだけど。就活中の大学生みたいな格好をしてたからさ。すぐにぴんと来たんだ。塾講師でもしてるんじゃないかって。それで北條のことが頭に思い浮かんだ」

美月は愕然《がくぜん》とし、自分の黒いスカートを見下ろした。カラス色のスーツ。目立たない色のはずなのにこれで所在がわかったっていうのか。

「北條が塾に転職したのは有名な話だからさ。もしかしたらそこで働いているのかと思って昔のサークル仲間に塾の名前を教えてもらったんだ」

調査会社ではなかったと思うとほっとした。だとしたらアパートの場所までは知らないだろうと思ったからだ。

「どこに住んでるんだ」

こちらの胸の内を覗いたかのように俊平が訊ねたが、美月は唇を嚙んでやり過ごした。いずれ探し当てられるかもしれないが、自分の口からは言いたくなかった。

「まあ、いいや。実はおれさ、十月から転勤になるんだ」

淀んだ空気と散漫なざわめきを押しのけるように俊平は言った。

思いがけぬ言葉だった。呟くような声になったが、どこへ、と美月はひとりでに訊いていた。俊平は満足そうな顔で頷き、

「大阪。だからさ、一緒に行こう」

一転して穏やかな口調で答えた。片頰だけの笑みは浮かんでいないから、たぶん転勤は本当のことなのだろう。

「ごめんなさい。この間も言ったけど別れてください」

美月は頭を下げた。そうするしか他に方法がなかった。様々な感情を押し殺し、カフェオレの表面に薄く浮かんだ牛乳の皮膜をただじっと見つめ続ける。

「おれと別れて北條とくっつくのか」

冷ややかな声にこわごわ顔を上げると、夫は片頬だけを歪に引きつらせて笑っていた。嘘をつくとき以外にもこんな表情をするのだと、美月はぼんやりと思った。恋人時代も含めたら四年もの時をともに過ごしていたはずなのに、どうして今まで気づかなかったのだろう。

「何言ってるの――」

「じゃあ、さっきのは何だよ。恋人同士が別れを惜しんでいるようにしか見えなかったけどな。一旦別れたのにまた呼び止めて。そのうえ、やつの姿が見えなくなるまで見送るとはね」

背中から冷たい水を浴びせられたような気がした。さっきの遣り取りを夫がどこかで見ていたのだと思うと総身が粟立ち、大事なものが知らぬ間に汚されたような恐ろしさと嫌悪感が湧き起こる。テーブルの下で両手をぎゅっと握りしめた。

「見られているとは思わなかったか。脇が甘いな。調停に持ち込んだら、圧倒的におまえが不利だぜ。勝手に家を飛び出したうえに、浮気をしてるんだからな」

「浮気なんかしてない。仕事が終わって一緒に帰って来ただけだから」

あれは浮気なんかじゃない。そんな薄汚い言葉でひとくくりにされるような関係では断じてない。けれど、それが男女というだけで、一方が離婚しようとしている人間だというだけで、そう見られてしまうのだろうか。北條と私との関係なのにどうして勝手に周囲が決めるのだ。

「嘘を言え。ひょっとしておまえ、家を出る前からやっと付き合ってたんじゃないか」

邪推にもほどがある。家を出るまで私が毎日どんな思いで過ごしていたのか。私が何に傷つき、何に縋り、何を恐れ、何に絶望したのか。この人は本当に全く知らないのだ。そう思うと失望と怒りで総身が震えそうになった。

「何を馬鹿なことを言ってるの。大体、結婚してから私が家を空けたことなんてないじゃない。あなたが帰ってくる時間には必ず家にいたでしょう。私が出掛けたのは料理教室と近所のスーパーへ行くときくらいよ」

爆発しそうな感情を抑え、美月はなるべく穏やかに返した。その反動で手にいっそう力がこめられる。

ふん、と鼻で笑った後、俊平は声をひそめた。

「じゃあ、どうして北條を頼ったんだよ。まさかたまたまじゃないだろう。おまえさ、おとなしそうな顔してやるときはやるんだな」

首根の辺りがかっと熱を持った。熱が反論の言葉となって唇から迸《ほとばし》る。

「確かに北條さんを頼った。でも、麒麟塾の責任者をやってるから行ってみたらって奈美に勧められたからよ。疑うんなら奈美に訊いてみてよ」

「訊いたって無駄だろう。口裏を合わせるんだろうから」

ミルクなしのアイスコーヒーをがぶりと飲むと、俊平は思い切り苦い顔をした。が、それも束の間だった。彼は別人のように穏やかな顔になると、

「まあ、いいや」

と肩をすくめた。

中途で放り投げるようなその言い様に拍子抜けした。仮に私が誰かを好きでもいいってことなのか、それでも別れないってことなのか。

美月は混乱しながら俊平の顔を凝視した。曲がりなりにも夫婦として同じ屋根の下で過ごしていたはずなのに、目前にいる男が見ず知らずの人間のように思えた。

「今度のことは大目に見てやるよ。とにかくおれはおまえと離婚する気はない。仕事のことを考えたら離婚なんてしてる場合じゃないんだ。おまえだって同じ職場にいたからわかるだろう。銀行ってさ、まだまだ古い慣習に縛られてんの。離婚はさ、色々と不利なんだよ。まあ、よっぽど優秀だったら別だけど。おれ、そこまでできるわけじゃないし、それにさ、妻が家を出て行ったなんて知られたらみっともないだろう」

夫の口から信じられぬ言葉が次々と吐き出されていく。反論するのも忘れ、美月は別の生き物のようによく動く夫の唇を茫然《ぼうぜん》と眺めた。

「そんなに家にいるのが嫌なら大阪に行って楽な仕事を見つければいいじゃないか。おまえさ、英語が得意だからそれこそ家庭教師でもいいし。おふくろがいないからおまえも羽を伸ばせるだろう。いずれ東京に戻ったら、また同居しなくちゃいけないとは思うけどさ。でも、子どもができればおふくろもそんなにうるさいことを言わなくなると思うんだ。おまえも早く子どもが欲しいって言ってたじゃないか。そうだよ。大阪にいる間に子どもを作っちゃえばいいんだよ」

俊平はべらべらと喋り続けた。美月の意向を無視して。いや、美月の意向など端からどうでもいいに違いない。姑と折り合いが悪くて悩んでいたことなど、彼にとっては瑣末《さまつ》なことなのだろう。離婚をしたくないのではなく、離婚されたくないだけ。銀行で離婚は不利だというのも言い訳で、ただ自分のプライドに傷をつけられたくないだけ。

世界は常に彼を中心に回っている。

――他の誰でもない。美月がいいんだ。

なぜ俊平がそう言ったのか。今になってようやく腑に落ちた。

彼はわかっていたのだ。私が大学時代からずっと彼を見ていたことを。彼が身に纏っているものを喉から手が出るほど欲しがっていたことを。

だからこそ私を簡単に支配できると思ったのだ。

俊平は自分から青山と別れたような言い方をしていたが、本当は青山が俊平を振ったのだろう。青山だけではなかった。交際する前、彼の背後には女の影がちらついたことがあった。彼の見た目に惹《ひ》かれて寄って来た女たちは、その下に隠されているものに幻滅して去って行ったのではないか。

そんな彼が結婚相手に求める条件はただひとつ。自分の言うことを聞く従順な女。本質の見えぬ馬鹿な女。

だから私を選んだのだろう。表面的なきらびやかさに目が眩《くら》み、中身が見えなくなってしまった、いや、見ようとしなかった私を。

そんな愚かな女までもが自分から去って行こうとしている。それは俊平にとっては許し難いことに違いない。

このままでは永遠にこの人から離れられない。

「私、あなたのところへは戻りませんから」

美月は決然と告げた。俊平は一瞬何を言われているかわからなかったのか、ぽかんとした顔をしていたが、すぐに我に返ったように気色《けしき》ばんだ。

「何言ってんだよ。離婚はできないって今言っただろう」

「それはあなたが勝手に言っているだけでしょう。私はもう無理なんです」

「何が無理なんだ。おまえみたいな田舎者をもらってやったのに、今度の浮気も大目に見てやるって言ってるのに」

田舎者をもらってやった。大目に見てやる。

それらの言葉が彼の全てを表していた。人を一段高い場所から見下ろすような、傲慢で独りよがりな視線。自分自身しか愛せない狭小な心。こんな男をなぜ自分は優しいと思ったのだろう。

「とにかく別れてください。お願いします」

こめかみがずきずきと疼きだすのをこらえ、美月は再度頭を下げた。さらに厚みを増し、皺の寄ったカフェオレの皮膜が目に入り、吐き気を催す。

「くどいよ。離婚はしない。絶対にしてやらない」

お願いします。美月はさらに頭を下げる。胃が圧迫され、いっそうむかむかする。

お願い――三度目の言葉が口に上りかけたとき。

「おまえさ、北條の本性知ってるのか」

かすれた声が上から降ってきた。

本性。その不穏な響きに美月はゆるゆると視線を上げる。

「離婚の原因は暴力なんだってさ。あいつ昔から善人ぶってるけど、一皮剝けば中身はケダモノだぜ」

暴力。ケダモノ。

柔らかな瞳には不釣り合いな言葉が、鼓膜の奥で異音を発して跳ね回る。

この人は一体何を言っているのだろう。見知らぬ国の言葉で話されたかのような心持ちで美月は俊平の口元をおずおずと見る。夫は白い歯を見せて笑っていた。だが、目に少しも光の点っていない笑顔は床に落としてひしゃげた人形のように見えた。欲しくて欲しくてたまらなかった人形。それはいつから毀《こわ》れていたのだろう。

俊平は言いたいことを言ったからか、存外にあっさりと帰った。カフェで別れたときは何をあんなに怖がっていたんだと拍子抜けしたが、帰途に就くうちに何も解決していないことに思い至った。

いや、むしろ余計にもつれてしまったのかもしれない。北條と一緒にいたところを目撃されてしまったことが原因で。

たぶん俊平は大学時代から北條を嫌っていたのだろう。そうでなければ、ケダモノなどと、ひどい言葉でかつての同級生を形容できるはずがない。

そんな男の近くに家出した妻がいる。浮気をしているかどうか証拠はないが、男を信頼し、頼っていることは確かだ。許せない。絶対に許せない。夫はそう思ったに違いない。

——離婚はしない。絶対にしてやらない。

あれは私への執着などではない。いわゆる嫉妬でもない。もっと捻じ曲がった陰湿なもの、自尊心を傷つけられた幼稚な腹いせだ。

美月は重い足取りで部屋に入ると電気を点けた。

ベッドと小さなテーブルだけの殺風景な部屋が白々と浮かび上がる。閉め切った部屋は蒸し暑く、料理をしないせいか、入居したときとあまり変わらぬにおいがしていた。壁紙を張り替えたときの接着剤のにおいだろう、気温が高いと目がしばしばと痛くなるようなにおいだ。着替えるよりも先に窓を開け、淀んだ空気を外へと追い出した。代わりに夏の生温い夜気が無遠慮に部屋へ入ってきたが、目も鼻も塞がれるような空気よりは遥《はる》かにましだった。

Tシャツと短パンに着替えて腰を下ろし、コンビニの袋から買ってきたものを並べると小さなテーブルは隙間がなくなった。

北條と食事をし、心もお腹も満たされているはずだった。それなのに大量に食べものを買っていた。

透明パックのサラダを前歯で嚙むとレタスが不自然に乾いた音を立てた。プチトマトは舌に滲みるような酸っぱさだけで甘味も野菜の青くささもない。昆布のおにぎり、卵のサンドイッチを口に入れ、紙パックの麦茶をコップに注いで飲み下す。

ポテトチップスの袋を開けた後は止まらなかった。菓子パン、ヨーグルト、プリン、チョコレートケーキ。儀式のようにそれらは機械的に美月の口に入れられ、咀嚼され、麦茶とともに単なる穴となった胃へと流し込まれる。

テーブルが空く代わりに穴は隙間なく埋まる。同時にいつもの疚しさで胸がはち切れそうになる。苦しくなる。大人の女が料理もせずに簡単に食事を済ませたことへの、しかも味わうことなく大量にものを食べてしまったことへの罪の意識。

そこから解放されるためには、口の中に指を入れ、胃袋に収めたばかりのものを吐き出すしかない。そうして胃が空っぽになると一時的に楽になる。

けれど、時が経つと今度は後悔で胸が塞がれる。ことに今日はつらい。北條との楽しいひとときを、自分の弱さで汚してしまったような気がした。

いつ頃からこうするようになったのか。

俊平に塾の前で待ち伏せをされ、北條に駅まで送ってもらった日からだったように思う。

我に返ると、床に散らばっている残骸に打ちのめされた。クリームのこびりついたトレイや油でてかてかと光ったポテトチップスの袋。それらを見ていると心の内側が火傷《やけど》したかのようにひりついていく。

自分は食べ物を詰め込んで心の洞《うろ》を埋めているのではない。押し広げている。そして詰め込まれたものを吐き出す度に心の内側を自ら抉《えぐ》り取っている。洞はますます大きくなっていく。

わかっているのにやめられなかった。コンビニの灯りを見ると吸い寄せられるように店内へ入り、お腹が空いていても空いていなくても無意識に何かを買い、貪るように食べてしまう。そうしないのは倉橋家で理穂たちと一緒に料理をし、食事をした日だけだった。最初は躊躇っていた理穂たちとの食事が今では唯一の救いとなり、真っ赤に爛《ただ》れた洞を優しく埋めてくれるものになっていた。

食べることはただ腹を満たすことではない。

料理をし、語らい、舌で味わう。そのひとつひとつが〝食べること〟なのだ。

皮肉なことに過食がそんな基本的なことを教えてくれたように思う。

美月は空のパッケージを掻き集め、コンビニの袋に入れて目につかないようにキッチンの隅に置いた。疚しさでぱんぱんに膨らんだ袋が三つ。それらが転がっている辺りだけ、空気がどんよりと重たく見えた。

シャワーを浴びると少しだけ気分がさっぱりしたが、眠る気にはなれず、ベッドに寝転がった。

――あいつ昔から善人ぶってるけど、一皮剝けば中身はケダモノだぜ。

優しく穏やかな瞳が凶暴で暗い色に染まるなんて想像できなかった。北條の妻だった人を美月は知らないが、彼が入社して間もなく結婚したということは風の便りに聞いていた。商社を辞めたのも、もしかしたら妻への暴力と離婚が原因なんだろうか。

――妻がさ、おまえに似てたんだ。

――歪んでいるものはいつか壊れる。

北條は、自らの拳で妻を壊してしまったのだろうか。

拳だなんて。彼に限ってまさかそんなことがあるはずがない――混乱した頭の中をたくさんの言葉が飛び交った。

ご実家ではお出汁を取らないの。使えない子だとわかっていたら。家政婦じゃあるまいし。料理ができないと子どもはまともに育たない。いつでも返せる。おまえみたいな田舎者を。

拳で殴るのと同様に、いや、時にはそれ以上に人を痛めつけ、見えない無数の傷をつける。心を粉々に壊してしまうことさえある。

そんな言葉の数々を、暴力とは呼ばないのだろうか。

空っぽの胃がきゅっと縮み上がり、美月は固く目を閉じた。

思いつくおまじないを唱えてみる。

怖くないよ。顔を上げて。勇気を出して。ガンバレ。ガンバレ――

だが、鼻の奥がつんとし、喉の奥からただ苦いものがこみ上げただけだった。

おまじないなんて、知らない。誰か教えてよ。

泣きたいのか吐きたいのか自分でもわからないまま、美月は枕に深く顔を埋《うず》めた。

十三

夏休みは稼ぎ時だ。

北條は美月のために容赦なくスケジュールを埋めた。倉橋家へ行くのは月、水、金の夕方と変更はないけれど、午前中から教室での個別指導がびっしり入った。忙しいのは有り難い。お金のことはもちろん、余計なことを考えずに済む。

離婚に応じようとしない俊平に対して、これ以上美月は何をすればいいのかわからない。客観的に考えれば彼に大きな瑕疵《かし》はないのだ。仕事もきちんとしているし、暴力や浮気の事実もない。調停に持ち込まれたら圧倒的に自分が不利になるのだろう。

先日会ったときに新しい携帯電話の番号を教えてしまったので、夫からは何遍か連絡があったが、離婚はしない、大阪へ一緒に行こう、と繰り返すだけで埒《らち》が明かない。

北條のことも気になるが、夏期講習に入って塾は目の回るような忙しさで、やつれ気味の顔を見ると美月は何も訊けなくなった。

八月に入って最初の金曜日。倉橋家へ向かおうと美月は駅舎を出た。三時半を過ぎても黄色っぽい太陽は充分に攻撃的で、灰色の路面には銀色の粒がきらきらと輝いている。美月は目を細めながら住宅街へと続く遊歩道を歩いた。

噴水では子どもたちが歓声を上げながら裸足《はだし》になって水遊びに興じていたが、悠太の姿は見当たらなかった。そう言えば悠太が友達と遊んでいるのを見たことがない。幼い子ども同士の遣り取りは、どうしても親掛かりにならざるを得ないから、母親が不在の彼には遊び友達が少ないのだろうか。

そんなことを考えながら坂を下ると、広場で遊ぶ子どもらの中にひときわ目立つ栗色の髪を見つけ、ほっとする。もし遊びに夢中なら話しかけるのはやめようと、様子を窺《うかが》った。

「うそつき！」

甲高い声が耳朶を打った。

「うそつきは泥棒の始まりだって」

「うそつきはえんま様に舌を抜かれるんだって」

輪の中心で嘘つき呼ばわりされているのは悠太だった。引きつったその顔を見れば遊びでないことは自明である。中には小学一年生とは思えないような大きい子の姿も見え、美月は慌てて子どもたちの傍へ駆け寄った。

「どうしたの？　何かあったの？」

美月の姿を認めた途端、悠太の顔がくしゃりと崩れた。弾かれたように輪の中から飛び出してくる。

「うそつきとは穏やかじゃないわね」

いくら小さな子どもでも集団でひとりをいじめるとは許せない。美月は悠太を庇《かば》うようにして一番大きな子の前に立った。彼は一瞬ひるむ様子を見せたが、そこはさす

がにいじめっ子、薄い唇を尖らせて、

「だって本当のことだもん。悠太はさ、お母さんが夏休みに帰ってくるって言ってるくせに、ちっとも帰って来ないんだ」

と体つきに似合わぬたどたどしい口調で反論した。だが、態度は尊大だ。いじめる側にもいじめるなりの論理があるのだ、大人は余計な口出しをするなとでも言うように丸い顎を反らす。

「だからってうそつきよばわりすることはないでしょう。みんな色々な事情があるの」

事情という言葉がわかるだろうか。諭すように言うと、彼は表情の読めぬ細い目でこちらを見ながら拙《つたな》い反論を繰り返した。

「悠太はいっつも自慢してくるんだよ。お母さんが絵本を描いてるんだって。けど、いつまでたってもお母さんに会わせてくれないんだもん。だからうそつきじゃん」

そうそう、と他の子どもが相槌を打ったのと同時に、

「悠太！」

理穂の大声がした。

「怖いお姉ちゃんだ！」

大きな子の言葉が合図になった。子どもらは一斉に駆け出し、広場から見えるレンガ色の屋根の家へと入って行った。

「先生が来る頃なのに、帰って来ないからどうしたのかと思って。また紫音《しおん》君？」

あの大きい子、シオン君って言うのか。名は体を表すと言うけれど、あれほど見た目と名前がそぐわない子も珍しい。

うん、と悠太は言ったきり押し黙った。頬に涙の筋がついた俯き顔を見ると、財布を落とした日のことが思い起こされた。もしかしたら、あのときも彼らにいじめられたのではないだろうか。財布は落としたのではなく、どこかに隠されたか、放り投げられたのかもしれない。そんなことが美月の胸に浮かんだが、悠太に訊いてみたところで本当のことなど話さないだろう。

幼い子には幼い子なりの矜持《きょうじ》がある。大人が考えるよりずっと強固で、でも、繊細なそれを守ろうと子どもは歯を食いしばって痛みをこらえる。そして心にいっそう深い傷を負っていく。泣き声を上げない子どもの痛みに周囲の大人は気づき、守ってやらなければいけないはずだった。

「そう。じゃあ、帰ろう」

黙りこくった悠太を問い詰めることもなく、理穂は歩き出した。その横顔にまた例の影がよぎったように見えた。単純な悲しみではなく、様々な感情が混じり合ってできたような青い影。それに気づくと美月の胸は平静ではいられなくなる。

なかなか帰って来ない母。

もしかしたらこの子たちの両親は離婚していて、父親は悠太にだけそれを伝えていないのかもしれない。ただ、仮にそうだったとしても、ああして愛情豊かな手紙や荷物を送ってくる母親だ。帰国の際には会いに来るのではないか。

だが、それはいつなのだろう。悠太は恋しい母親をいつまで待てばいいのだろう。母の不在で慢性的にひりひりした心が、他人の無神経な言葉に撫でられ、ますます傷つけられる。ここにもいる。言葉の暴力に喘《あえ》いでいる小さな存在が。

心の痛みを少しでも和らげられるようにと、美月は悠太の手をしっかりと握ってやった。握り返してくる小さな手はいつかと同じく泣き濡れたように湿っていた。

「いいね。計算ミスが減ったじゃない」

丸つけが終わると美月は算数のノートを理穂に返した。

「先生のお蔭。毎日欠かさずに先生お勧めの計算問題集やってるから」

理穂は広げたままのノートを両手で受け取り、それを誇らしげに見つめた。

「継続は力なりだね。それじゃ、後はこれとこれをやっつけちゃおう」

「やっつけるの?」

同じテーブルで絵を描いていた悠太が怪訝そうな顔で美月を見た。嘘つきと言われ、流した涙の痕はもうない。

「馬鹿ね。先生は問題を解くことをやっつけるって言ったの。唐揚げにお酒を霧吹きすることをシャワーっていうでしょ。あれとおんなじ」

美月の代わりに理穂が説明してくれた。

「けど、算数の問題は悪者じゃないでしょ。やっつけるって悪い相手に使うんだよ。怪獣とかさ」

口を尖らせた悠太の顔を見て、確かにそうだ、と美月は思う。

「そうだね。悠太君の言う通り、算数は怪獣じゃない。だからやっつけるんじゃなくて勝負することにしよう。全問正解なら理穂ちゃんの勝ち。一問でも間違ったら算数の勝ち。ねえ、悠太君、それでどう?」

大きく頷いた悠太は、ぼくも勝負する、とキッチンと居間を仕切るカウンターに置かれた算数ドリルを取ってきた。自分も一緒に勉強したいと言い出した悠太のために美月が買い求めてきたものだ。理穂が問題を解いている間に教えてやると、小学二年生レベルのものまであっという間にできるようになった。さすがは理穂の弟だ。

「じゃ、行くよ。よーいどん」

声を掛けると姉弟は一斉に手を動かし始めた。冷房の効いた静かな部屋に鉛筆の乾いた音だけが響く。

幸福な時間だと唐突に思った。なぜだろうと考えていると、彼らが目の前のことだけに集中しているからだと気づいた。今だけは母親の不在も、それに付随する様々な悲しいことも忘れられる。彼らの瞳はただひたむきに目の前の数字だけを追い、夢中になれる輝きに満ちている。だから彼らは幸せで、そんな彼らを見ている自分も幸せなのだ。こういう幸福感があることをずっと忘れていたような気がする。

「できた！」

先に声を上げたのは悠太だった。理穂はちらりと弟を見たが、すぐに問題に戻る。

美月は唇に人差し指を当てて悠太を静かにさせるとソファへと移動した。

「あのね、お母さんにこれを送りたいんだ。算数ができるようになったよって」

赤丸のたくさんついた算数ドリルを掲げ、悠太は内緒話を打ち明けるかのように声をひそめた。

「いいわね。きっとお母さん喜ぶよ。ちゃんと姉に気を遣っているのだと思えば微笑ましい。」

それに合わせて美月も低い声で答える。

「でもさ、ぼく上手に字が書けないから、先生書いてくれる？」

遠慮がちな悠太の依頼へ、

「先生のお手紙じゃお母さんは喜ばないわ。悠太君は絵が上手なんだから、絵を描いて想いを伝えたらどう？　お姉ちゃんと一緒に算数勝負している絵を描けばいいんじゃない」

美月が返すと、うん、と彼は目を輝かせ、スケッチブックを手に取った。

しんとした部屋に再び鉛筆の滑る音が響く。理穂の鉛筆の音は少し硬く、悠太のそれは柔らかい。似ているようで異なる二つの音が重なり、途切れ、また重なるのを聞きながら美月はソファに腰掛けたまま、壁に貼られたレシピへ目を遣った。

今晩のメニュー。やけに丸いハンバーグの横では、鮮やかなにんじんのグラッセが色を添える。でも、横に書かれた文言、「ざくざく粗みじん」にはまだ慣れない。勝負を挑んでも負けそうな気がする。

♪♪　食パン千切って牛乳に。たまねぎざくざく粗みじん。合いびき肉と混ぜ合わせ、ボールみたいにまんまるに。片面焼いたら水入れて、ふたして蒸し焼き十五分。

ソースはフライパンに残った肉汁に、すりおろしたまねぎとポン酢を入れてひと煮立ち。ふわふわまんまるハンバーグ。じゅうじゅうあつあつハンバーグ。


「やった！　完全勝利だ！　先生見て！」

静寂を破る歓喜の声がした。見ると立ち上がった理穂がガッツポーズを決めていた。

夕飯を作り始めるのは大体六時半過ぎからだ。お米だけは理穂が研いでおいてくれるので、簡単なものなら七時頃にはでき上がる。今日のメニュー、ハンバーグはレシピ通りに作れば、焼くのに結構時間がかかりそうだから、食べ始めるのは七時半くらいになるだろうか。ダイニングテーブルで悠太と美月がボウルに食パンを千切って入れ始めたときだった。

「痛っ」

小さな叫び声がし、理穂がキッチンから出てきた。左手の人差し指から鮮血が滴り落ちている。

「やっちゃった」

ティッシュで指を押さえ、理穂はダイニングチェアに腰を下ろした。サイドボードから救急箱を取り出して美月は傷の手当をしてやった。意外と深く切ったのか、絆創《ばんそう》膏《こう》に血がじんわりと染みてくる。

「しばらく押さえて血が止まってから、もう一度絆創膏をした方がいいかもね」

美月の言葉に理穂は目だけで頷いた後、遠慮がちに言った。

「ごめんなさい。先生、ハンバーグの玉ねぎを切ってくれる？」

ぎくりとした。家を出てから包丁を握ったことは一度もない。倉橋家で食事をするようになってからも、下手だからと言い訳をし、何かを切るときは全て理穂に任せてきたのだった。

「大丈夫だよ、先生。粗みじん切りだから。ほら」

理穂が止血しながら壁に貼られたレシピを目で指した。

「う、うん」

動揺を隠し切れずに声が上ずったが、何とか美月はキッチンに立った。

幸いにして味噌汁に入れる茄子はほとんど切ってある。最後の一切れを切ろうとして理穂は手を滑らせたようだった。小さく息を吐き、味噌汁用の小さな鍋に水を入れて火にかけ、茄子を移してまな板を洗う。

刃と柄が一体型のステンレス包丁は婚家にあるのと同じメーカーのものだった。心臓が大きな音を立て始める。カウンター越しに居間を見ると、悠太がダイニングテーブルで理穂の指示を仰ぎながら、玉ねぎの入らないハンバーグのタネを作っていた。大きく深呼吸をし、思い切って柄を握る。ひやりとした感触に背筋がぴりぴりと強張った。

落ち着け、と美月は心の中で三回繰り返した。

いつからこんなふうになったのか、はっきりとは覚えていない。気づけば包丁を握っただけで心臓がばくばくし、背中を冷や汗が伝うようになっていた。手のひらは汗でぬるぬるし、柄が滑る。胃が痛くなり、喉がきしきしと渇いて泣き叫びたくなる。

——ご実家ではお出汁を取らないのかしら。

——あなたのお料理、お味が濃いから。

——子どもができなければいつでも返せるしね。

返品可能。クーリングオフ期間は子ができるまで。

気に入らないから離婚させたい。そんな母親の意思を感じ取ったのか、その日以来、夫は頻繁に美月を抱くようになった。愛情表現ではなく子を作らんがために。母親に無理やり返品させられないために。

だが、耳元でどれほど甘い言葉を囁かれても、優しく髪を梳《す》かれても、片頬だけの笑みが思い浮かぶと、背筋が寒くなり肌が粟立った。嫌だと喚き散らしたい、触らないでと突き飛ばしたい。そんな衝動に襲われると夫に言われた言葉が甦った。

——美月がいいんだ。美月がいないと困る。

かつては自分を歓喜させ、よりどころとなっていた文言だった。つらくなり不安になる度縋った言葉だった。何より幸福になるためのおまじないだった。それが今は自分を縛り付ける、永遠に解けない忌まわしい呪文となっているのだった。その言葉が頭の奥で執拗に鳴ると、条件反射のように美月の身は強張り、爆発寸前だった衝動は手なずけられた犬のようにおとなしくなっていく。

やがて耳元で繰り返される夫の甘やかな声が、今この瞬間のものなのか、かつて路上で囁かれたものなのかがわからなくなる。時間がぐちゃぐちゃになり、体と心がばらばらになって何も考えられなくなってしまう。終わってみれば、ただ恐ろしいという感情だけが残った。

美月は夫が寝入った後、こっそり浴室に行き、触れられたところを洗わないと気が済まなくなった。ボディシャンプーをこれでもかというほど泡立て、体中を懸命にこする。だが、いくらこすっても、肌を這い回るような夫の指の感触も胸にこびりついた恐ろしさも落ちてはくれなかった。

姑は子ができぬうちに返品したいと言い、夫は返品させまいと懸命に子を作りたがる。意味合いは違えども、私は姑にとっても夫にとってもモノに過ぎないのだ。そんな観念にとりつかれ、日々息苦しさが増していく。

そんなある日、生理が遅れていることに気づいた。目の前が真っ白になり、すぐさま薬局で検査キットを買い、そのまま近くのスーパーのトイレに駆け込んだ。幸いなことに結果は陰性だった。その場にへたりこみそうなくらい安堵したが、すぐ後にそれまでにない恐怖が高波のように襲ってきた。

このままではいけない。もしも子どもができてしまったら、自分は返品不可になってしまう。出来損ないのモノとして、あの綺麗なキッチンに肩身の狭い思いをしながら居続けなくてはならなくなる。ぞっとした。想像するだに恐ろしかった。あれほど欲しかった俊平の子どもが、自分の味方になってくれるはずの可愛らしい天使が、おぞましく禍々《まがまが》しいものに思われた。

勇気を振り絞って離婚を願い出たが俊平は本気にしてくれなかった。

そんなことを考えるのは体調のせいだよ。ゆっくり休んでいればきっと落ち着くよ。おふくろにはおれから言っておくよ。ああ見えておふくろも心配してるからさ。わかるだろ。美月がいないとおれは困るんだ。

次々と優しい言葉を吐き出す彼の唇ははっきりと右に上がっていた。

だから私は逃げたのだ。

夫から、姑から、冷たいアイランドキッチンから。あの家から。

そして今も逃げ続けている。

料理をまともにできない自分から。

包丁を持てない自分から。

普通の人が普通にできることができない、不恰好でみっともない自分から——。

歯を食いしばる。玉ねぎを半分に切ろうと力を込めたそのとき、汗でしとどに濡れた手から包丁が滑り落ちた。ああ、どうして今日に限ってスリッパを履いていなかったんだろう。そう思ったけれどもう遅い。包丁の刃先は薄いストッキングの上を無遠慮に、そして凶暴に撫でていた。

だが、強い痛みが走ったのは足ではなく胸の奥だった。

美月は知らずしらず悲鳴を上げると、その場に屈みこんでいた。

「どうしたの、先生」

異変に気づいてキッチンに駆け込んできたふたりは、美月の足の甲に血が滲んでいるのを見て息を呑んだ。

可哀相《かわいそう》に、この子たちは今日、二度も血を見てしまったんだ。ごめんねと詫びたいのに、平気だよと言いたいのに、口の中がからからに乾き、舌が強張って喋れない。ぐつぐつと沸騰する鍋から煮えた茄子の匂いが濃く漂ってくる。鍋の火を消すために立ち上がることすらできなかった。

理穂が床に転がっている包丁を拾い、鍋の火を消した。それを見て、ようやく「ごめんね」と絞り出したものの、足に少しも力が入らない。

「先生、大丈夫？」

悠太の小さな手が美月の二の腕をそっと摑む。大丈夫だよ、と返そうとしたのに代わりに出たのは二度目のごめんね、だった。それが合図になった。

誰にも言えないこと、奈美や北條にすら打ち明けていないことが、胸の底からぐいぐいと押し上げられ、一気に溢れ出していく。

「ごめんね。先生、包丁が使えないんだ。下手だからじゃないの。怖くて使えないの。包丁が怖くて仕方ないの。だから玉ねぎが切れないの。大人のくせにお肉もお野菜もお魚も何も切れないの。うそついててごめんね。うそつきで、ごめんね」

情けない言葉と一緒に涙までこぼれ落ちてしまった。カラス色のスカートに不揃いの水玉模様が次々と標《しる》されていく。

何を言っているのだ。何とみっともないことをしているのだ。

そう自分を叱咤《しった》するけれど止めることができなかった。言葉を吐き出す度に、涙をこぼす度に、自分自身がどんどん縮んでいく。ちゃちな張りぼての鎧が涙でよれてしわしわになり、ついには皺くちゃの醜い子どもになってしまう気がした。

不意に悠太が大きな声で叫んだ。

「先生はうそつきなんかじゃないから」

思わず顔を上げると薄茶色の澄んだ目にも涙が浮かんでいる。

「謝らなくてもいいよ。玉ねぎなんか入ってなくていいよ。入ってなくても、お母さんのハンバーグは美味しいんだ。すっごく美味しいんだ」

だから、先生はうそつきなんかじゃないよ、と悠太が美月の首に細い腕を回して泣き始めた。柔らかな髪からは汗の混じった林檎シャンプーの匂いがした。

「そうだよ、先生はうそつきなんかじゃないよ」

今度は理穂の怒ったような声だった。彼女の小さな手が遠慮がちに美月の背に触れる。優しく温かかった。

言葉の暴力に喘いでいるのは、傷を負っているのに痛いと声を上げられないのは、この子たちだ。だから、自分がこの子たちを守るべきなのに、大人なんだからしっかりしなくてはいけないのに、どうして先に痛いと口に出してしまったのだろう。

自らをそう責めながら美月は年甲斐《としがい》もなく泣いた。波のように押し寄せる泣き声の二重奏を全身で聴きながら、どうしても涙を止めることができなかった。

泣いたって何の解決にもならないことはわかっている。でも、私はずっと誰かの前でこんなふうに泣きたかった。自分は料理ができないのだと、包丁が握れないのだと、逃げてばかりの駄目で弱い人間なんだと、どれほどそれが見苦しいことでも子どものように泣いてみたかったんだ。

うそつきなんかじゃないよ。悠太が言う。

うそつきなんかじゃないよ。理穂が言う。

繰り返されるふたりの声は柔らかな羽毛のようにふわふわとキッチンを漂い、美月を優しく包み込んだ。

十四

翌日の土曜日。美月は奈美を訪ねた。

なかなか進捗を見ない離婚への苛立たしさ、理穂たちの前で醜態を晒してしまったことへの情けなさ、混沌とした感情を持て余しているときに頼れるのはやはり気の置けない女友達だ。

倉橋家から車で二十分ほどだろうか。電車では別の線に乗り換えて一駅の高級住宅地に奈美は住んでいた。彼女は大学を出て出版社に勤めていたが、一回り以上も年上の上司と結婚し、現在は育休を取り、子育てに奮闘中である。

五階建ての瀟洒なマンションは八十平米くらいの広さだろう。十六畳ほどのリビングルームは黒と白を基調にまとめられ、彼女らしくすっきりと片付いている。部屋だけ見たらとても幼い子どものいる家庭とは思えない。

「やっと寝たよ」

襖《ふすま》を少しだけ開けて、奈美が和室から出てきた。母乳の匂い、母親の匂いが部屋に漂う。

「いつもこの時間に寝るの」

「うん。今日は美月が来たから興奮しちゃったみたいで、少し寝つきが悪かったけど。でも、これでしばらく落ち着いて話ができる」

奈美はキッチンに立つと手際よく紅茶を淹《い》れてくれた。アールグレイの甘く爽やかな香りが清潔な居間に広がる。夏でも温かい飲み物を好む美月の嗜好《しこう》を知ってのことだ。本人はアイスコーヒーのグラスを手に長い足を組んで美月の対面に座った。相変わらず色は黒いけれど、鮮やかなオレンジ色のタンクトップから覗く胸元は豊かに張っており、女の美月でさえ触れたくなるほどつややかでしっとりと見える。身に纏う匂いだけじゃない。女は子どもを産むとまろやかで綺麗になる。

「四月に家を飛び出してきたときはさ、あんた動揺してたから言わなかったけど」

と奈美は前置きをし、

「あたし、こうなることは予想してたんだ」と淡々と続けた。

ああ、私、そんなに混乱してたんだ。たった四ヶ月前のことなのに、もう何年も前のことのように思える。

「私が夫と別れる予想？　それとも離婚がこじれる予想？」

「まあ、両方かな。いずれにしても、俊平先輩とは上手くいかなくなるんじゃないかってあたしは思ってた」

奈美は子どもが生まれてから切ったというショートヘアの前髪をかき上げた。大学時代は黒い肌と切れ長の大きな目がエキゾチックな雰囲気だと言われていた。見た目通り、気も強くてはっきりとものを言うので、サークル内には男女を問わず敬遠していた人間もいるようだが、美月にとっては頼れる唯一無二の友人だ。

「どうしてそう思ったの」

答えを半ば予想しながら美月は訊ねた。奈美は言葉を選んでいるのか、視線を宙に浮かせていたが、

「今だから正直に言うけどさ、あたし、俊平先輩ってあまり好きじゃなかったんだ。どこか作った感じじっていうのかな。顔もよくて頭もよくて優しくて。けど、何となく人間味がないっていうか、ロボットまでとは言わないけどさ、そんな気がしたの」

と率直、かつ辛辣な言葉で俊平を評した。

今なら奈美の言わんとしていることがわかる。自分は俊平の上っ面だけしか見ていなかったのだ。いや、その上っ面こそが欲しいものだったのだ。一流企業に勤め、容姿の洗練された夫。高級住宅地での瀟洒な暮らし。そんなくだらないものに目が眩んでいたから俊平のお粗末な中身に気づけなかった。

「そんな顔しなさんな。人生なんていくらでもやり直せるよ。うちの旦那なんて三度目の結婚よ」

「本当に」

「本当よ。言わなかったっけ」

「離婚経験者とは聞いていたけど、三度目なの」

「ええ。二回も失敗してるのよ。しかも一人目の奥さんとの間には子どももいるし」

彼女らしくあっけらかんと笑った。

「不安じゃないの」

美月は率直に訊いていた。

「不安じゃないと言えば嘘になるわね。自分の心さえ自信が持てないのに相手の心なんてわかるわけがない。人はわからないから不安になるんだもの。でもさ、そんなこと考えてたら恋愛も結婚もできないじゃない。いつか心が離れていくかもしれないけど、そのときはそのとき」

恬淡《てんたん》とした口調で言うと、奈美は汗をかいたグラスを手にしてコーヒーをひとくち飲んだ。そのときはそのとき。そんなふうに言い切れる奈美の強さが羨ましく、自身の弱さが不甲斐ない。

「今回の離婚がトラウマになったらどうしよう」

弱さがそんな言葉となって美月の口に上った。

「そんなこと、今から考えても無駄じゃない。それに結婚だけが男女の関係じゃないんだし」

果たして奈美はあっさりと言ってのけた。彼女のように強い女ならともかく自分はそんなふうに割り切れない。今後、誰かを本気で好きになったらたぶん結婚を考えるだろう。けれど、紙切れ一枚の契約についてくる諸々の事柄を考えると二の足を踏むような気がする。

いや、今考えるべきなのは次の結婚ではなく仕事ではないか。奈美は育休が終われば仕事に戻る。仮に今の夫と別れても彼女は赤ん坊を抱えて路頭に迷うことはないが、自分は違う。アルバイトではこの先不安だ。田舎に帰るつもりはないのだから来年度から正社員として働ける場所を探さなくてはいけない。だが、そうなれば北條との関わりも切れてしまうのだろうか――

「ねえ、そう言えば、北條さんは元気？」

胸の内を覗かれたような気がした。一瞬よぎった寂しさのようなものを押し込んで美月は答える。

「そうねぇ。今は夏期講習でしょう。忙しくて、少々やつれ気味だね」

「美月はさ、北條先輩みたいな人とだったら上手くいくかもしれないね」

どきりとした。仮定の話なのになぜか頬が火照り耳まで熱くなった。

「どうしてそう思うの」

「何となく似てるからかなぁ」

「似てるって？　北條さんと私が？」

どこが似ているのだと不思議に思う。自分は彼のように強くもないし優しくもない。

「うん。やたらと周囲に気を遣うところとかさ。ほら、北條さんてよくおにぎりを買いに行ってたじゃない。自分が食べたいようなことを言いながらみんなの分まで買ってきて。時々お金のない後輩におごってやったり。そうしてよく叫んでたよね」

また明太子が売り切れだって、と奈美は目を細めた。

いきなり頬を張られたような気がした。

北條の好きなおにぎり。どうしてそんな小さなことを覚えていたのだろうと不思議に思っていた。でも、決して些細なことではなかったのだ。明太子が売り切れ。それは文句ではなく、後輩に気を遣わせないための彼流の方便だと誰もが知っていた。北條を信頼し尊敬していると言いながら、そんな大事なことを忘れていたとは情けない。

「ねえ、奈美は北條先輩の離婚の原因って知ってる？」

思わずそう訊いていた。

「そんなこと訊いてどうするの」

奈美はあからさまに不快感を表した。

「どうするってわけじゃないけど」

俊平から聞いたケダモノという言葉が鼓膜の奥で虫が蠢くようにがさがさと音を立てる。

美月がそのことを告げようかどうか迷っていると、

「もしかしたら奥さんへの暴力のこと？」

と奈美が低い声で訊く。

「知ってたの？」

驚きで思わず高い声が出た。

「うん。随分前だけど、昔のサークル仲間に聞いた。離婚も転職もそれが原因だって。けど、本人から直接聞いたわけじゃないからあたしは信じてない。人は他人のことを悪く言いたがるし、あたしの知っている北條さんはそんなことをする人じゃない」

「そうかもしれないけど――」

歯切れの悪い美月に対し、もうあんたって人は、と奈美は呻《うめ》くような声を出した後、子どもを諭すようにゆっくりと言葉を継いだ。

「いい？　夫婦の真実なんて他人には絶対にわからないのよ。仮にさ、北條さんが奥さんと話をしようと思って奥さんの腕を摑んだとするじゃない。けど、奥さん本人がそれを暴力と感じたら暴力になっちゃうのよ」

駅で俊平に腕を摑まれたときの恐怖がまざまざと甦る。俊平本人は家出中の妻を見つけて呼び止めただけだと言うだろう。けれど、自分は震えるほど恐ろしかった。今思い出しただけでも二の腕が粟立ち、Tシャツ越しに肌をさする。

「暴力に限ったことじゃないよ。今の自分の身に置き換えてごらん。このまま俊平先輩と別れたとしたら、あちら側の人間に何て言われるかわかる？」

親戚に向かって美月の悪口を言う鏡子の勝ち誇った表情が思い浮かんだ。

――お出汁ひとつ取れないし、包丁も握れないのよ。そのくせ、突然家を飛び出しちゃって。本当に身勝手な嫁でしょう。

「きっとひどい嫁だって言われる」

「そうよ。想像すればわかるでしょ。それに対していちいち反論して回るの？　私は姑にいびり出されましたって。そんなことできるわけがないじゃない。同じ離婚のはずなのに、あちら側に立てば、美月の見ているものとは全く違うものが見えるのよ」

奈美の言う通り北條は女性に手を上げるような人じゃないと自分も思う。

けれど――

「私、俊平の中身が薄っぺらだったことを見抜けなかった。だから」

「北條先輩もぺらぺらだっていうわけ？」

奈美はそんな言葉で後を引き取った。そういうわけじゃない、と美月が反論しようとすると、

「そんなに気になるんなら北條先輩に直接訊いて確かめてみればいいじゃない」

奈美は呆れるように肩をすくめた。

「先輩に？」

「うん。人の話なんて当てにならないもの」

「そんなこと訊けるわけないよ」

そうだ。単なる先輩と後輩との関係、いや、上司と部下との関係で離婚の理由なんて、しかも奥さんへの暴力があったかどうかなんて、面と向かって訊けるわけがない。

「だったら、他人のことなんか詮索するのやめなよ」

ばっさりと奈美が断じる。

奈美の言うことは尤《もっと》もだ。人から、しかも俊平から聞いた不確かな話であれこれ詮索するなんて汚い。まさに下種《げす》の勘繰りだ。頭ではわかっているが、心では上手く処理できない。北條のことが気になって仕方ない。さっきもそうだ。

——北條先輩みたいな人とだったら上手くいくかもしれないね。

北條先輩みたいな人と奈美は言っただけだ。仮定の話だ。それだけでどきりとして

顔が火照るなんてどうかしている。

「もう、どうでもいいじゃん、そんなこと」

奈美はさばさばした表情で言い放った。

「どうでもいいってことないでしょ。もし本当だったら——」

「本当だったらどうするの？」

奈美が切れ長の目でこちらを見つめた。返答に窮した美月には構わず、先を続ける。

「生きていれば人に言いたくない失敗や疵《きず》なんて山ほどできるでしょ。だから旦那が全部を見せたくないって言うんだったら、あたしは受け入れようと思ってるの。あたしだって彼に言ってないこと、たくさんあるから。もちろん夫婦の間だけじゃない。恋人だって友人だって同じ。肝心なのは相手の見えない部分も呑み込んで、それでもその人と一緒にいたいと思えるかだよ」

奈美の言う通りだ。自分だって北條に都合のいいことしか伝えていない。俊平ばかりを悪者にしているが、そもそも銀のスプーンを欲しがったのは自分なのだ。そうして外面だけの相手と結婚し、包丁が握れず料理ができなくなってしまったのは、自分自身の抱える劣等感や自信のなさが原因なのではないか。そんな自分に北條の過去を責める資格などない。

美月が黙していると、

「北條さんはいい人だよ。裏表がなくてさ。だから、あんたに北條さんのところへ行きなよって勧めたんだもん。実はさ、昔、あの人に告白して振られたんだ」

奈美がぺろりと舌を出す。

「本当に？」

意外だった。奈美と北條の組み合わせ。サークルメンバーの誰が予想しただろう。

「そんな嘘を言ってどうするのよ。けど、あっさり言われちゃった。高校時代から付き合ってる彼女がいるからって。そいつが大事だからって。ごめんって済まなそうな顔できっぱり頭を下げて。そういう男なんだよ、北條敬って人は。だからあの人がもしも奥さんに暴力を振るったんだとしたら、それはよほどの理由があるんだよ。そして、彼本人もものすごく傷ついてるはずだよ」

何だか泣きそうな目をして奈美は言った。

奈美が北條を好きだったなんて、しかも告白したなんて少しも知らなかった。けれどそれを誰にも言わなかった理由が今ならわかる。奈美を振ったときの北條はたぶんものすごくつらそうな顔をしていたのだろう。

この人は私を傷つけたことで、自分自身も傷ついている。奈美はそう感じたのだ。

人の痛みに気づける人間が、人を暴力で傷つけるはずがない。迷っている私にそう伝えたくて奈美は昔の話をわざわざしてくれたんだ。

「それでも美月が気になるんならやっぱり訊いてみなよ。きっとあの人は正直に話してくれると思う」

胸にずしりとこたえた。傷の癒えない人間が心を開いたらどうなるのか。今の自分には痛いほどわかる。じっとしているから傷は治るのだ。心を動かしたら、塞がりかけた傷からはまた血が滲み出すに違いない。

「まあ、いずれにしても、あんたみたいにものごとを難しく考えてたら、傷つかずに済むかもしれないけど、幸せにはなれないよ」

奈美は鼻に皺を寄せて笑った。その途端、キッチンで電子音がした。

「あ、できた」

奈美は立ち上がるとキッチンへ行き、パイを載せた皿を持ってきた。涼しい居間にバターを焦がしたような濃厚な匂いが広がる。

「やだ、子どもがいて忙しいのにパイなんて作ったの」

つややかなきつね色に焼けたパイを見て美月は言った。

「忙しいからこそ、これなのよ。まあ、食べてみて」

皿を置くと、奈美はしなやかな手つきでナイフとフォークを差し出した。

四角いパイの中心にナイフを当てる。さくりという軽快な音とともに姿を現したのはカレーだ。とろりと流れるカレーを小さく切ったパイで掬って食べると、パイ生地のさくさくした食感と熱々のカレーが口中で混ざり合い、少し遅れてバターの甘い匂いとスパイシーな香りが鼻に抜けた。

「すっごく美味しいね」

「でしょ。うちではさくさくカレーパイって呼んでるの。いい名前でしょ」

頬杖をつくと、奈美はとっておきの悪戯を思いついた子どもみたいな顔をした。

「パイがさくさくしてるから?」

「ううん。さくさく作れるから。とっても簡単なの、っていうか、究極の手抜き料理なのよ。だって中身はレトルトカレーだし、パイ生地はスーパーで買った冷凍パイシートだもん。しかもそのカレー、特売で八十五円よ」

悪戯の中身を暴露するかのように奈美は誇らしげに笑う。

「八十五円なんて。言われなきゃ全然わかんない。手間暇かけて作った感じだよ。何より美味しいもん」

「ありがとう。実は旦那の大好物でさ。美味い、美味いって食べてくれるの」

旦那の大好物、という言葉はキャラメルがとろけるような甘い響きを含んでいた。日頃は辛口の女が言うといっそう甘い。

奈美の夫は決して男前ではないが、ざっくばらんで砕けた人だ。熊みたいな男、は奈美の言だが、その彼がここでカレーパイをバクバク食べ、奈美が今みたいに頬杖をついてそれを眺めている絵が目に浮かんだ。どこから見ても文句のつけようがないほど幸せな光景に思えた。

「それって幸せだね」

思わず口に出していた。

真っ黒な嫉妬の卵は転がらなかった。それどころか、胸の中がほんのりと明るい色に染まっている。以前倉橋家で感じたのと同じ、幸せの隣にいられることの幸せだ。

「うん。幸せってさ、案外簡単でしょ」

奈美は快活に笑った後に、不意に真面目な顔をした。綺麗な瞳に美月の視線は吸い寄せられる。

「要はレトルトだろうが、冷凍パイシートだろうが、相手が美味しいって、喜んでくれればいいの。だからさ」

高級おせちなんて作れなくていいんだよ、と奈美が励ますように言ったとき、襖の向こうから子どもの泣き声がした。

「もう、三十分しか寝てないじゃん」

口を尖らせて文句を言うと奈美は立ち上がった。和室に向かうしなやかな背中を見ながらパイをもう一切れ口に運ぶ。カレーはさっき食べたときよりもスパイスが効いていて、少しだけ鼻の奥がつんとした。

――幸せってさ、案外簡単でしょ。

普通のことが普通にできない自分にはまだそうは思えない。

けれど、その言葉はパイの温かさと一緒に美月の胸に深く染み透《とお》った。

十五

「天体観測に行くんです」

応接スペースで北條に缶コーヒーを渡しながら美月は告げた。

「天体観測？」

北條は受け取ったコーヒーのプルタブを引きながら意外そうな顔をする。

「ええ。丹沢《たんざわ》へ」

「ふうん。どうしてまたそんな話になったんだ」

「理穂ちゃんが、天体が苦手なんです。それで星の見えるところへ行きたいと、お父さんにねだったそうです」

美月はミルクティーの入ったペットボトルのキャップを開け、ひとくち飲んだ。

――お盆が明けたら天体観測に行こうよ。

理穂に誘われたのは数日前だ。家族水入らずのドライブに同行していいのかと美月が躊躇していると、

――先生はいてくれたほうがいいの。だって一応はお勉強なんだよ。

理穂は「お勉強」をことさら強調してみせた。

――そうね。お父さんがいいって言うんなら、私も連れて行ってもらおうかな。

そうして丹沢へ星を観に行くことになったのだ。

「一応、お勉強、って名目です」

「そうか。だったら予習が必要だな」

北條は腕時計にちらりと視線を落とし、よし行こう、とコーヒーを飲み干して立ち上がった。

「どこへですか」

ペットボトルを持ったまま美月は慌てて立ち上がる。

秘密基地にでも向かう少年のような表情で「いいから、来いよ」と北條は笑った。

「けど、帰り支度をしてな」

北條はビルの外階段を五階まで上がり、狭い踊り場の手すりにもたれかかると空を仰いだ。紗《しゃ》を一面に広げたようなぼんやりとした空だが、よく見ればちかちかと小さな星が瞬いている。一応は晴れているのだ。

「ここが一番高い場所なんだ。湿気があるからあまり綺麗には見えないな。冬だともう少しましなんだけどな」

「空が明る過ぎるんですよね。住宅街に行けばもっと見えるかもしれません」

「そうだな」

北條は頷いた後、ベガ、デネブ、アルタイル、と呪文のように呟いた。

「夏の大三角くらいは知ってます」

美月が口を尖らせると、

「そうか。それは悪かった」

と快活に笑った。

美月も北條と並んで手すりにもたれかかる。微かに彼の匂いがした。夏の陽をたっぷり吸いこんだ洗濯物と煙草が混じったような匂いだ。ふと夏の体育館の熱気が思い起こされる。シャンプーとコロンと床材と汗が混じり合った匂いは今も変わらずそこにあるのだろう。だが、今、体育館でラケットを振っても、北條も自分もあのときと同じ場所へは戻れない。そのことは少し悲しいけれど、寂しくないのはこうして同じ場所を知っている相手と一緒にいるからかもしれなかった。

懐かしい匂いの記憶をそっと胸に仕舞い、

「なぜ星は瞬くのか。それは大気中の湿気や塵《ちり》の影響である」

教科書でも読むように美月は言った。

「おお。感心、感心。だが、もうひとつ。恒星か惑星かの違いもあるな」

「なるほど」

頷きながら空を見渡せば、その面積の割にはやはり星が少ない。

「東京には空が無い、いや、横浜には空が無いって本当ですね」

「智恵子抄か。あれは名言だね。この夜空を見たら智恵子はやっぱり、空が無いって嘆くんだろうな」

「そうでしょうね。でも、私、あの詩で一番好きなのは最後なんですよ。あどけない空の話である、っていう一行に光太郎の智恵子への思いがこめられているような気がして」

「確かにあの一行で詩の色合いが変わるよな。切なさが増すというか」

「ええ。〝あどけない〟って言葉がいいんでしょうね。この切なさを伝えるにはこの言葉しかないっていう感じ」

〝あどけなさ〟が〝切なさ〟の表現になる。言葉の持つ不思議さと奥深さを意識したのは中学生の頃だったろうか。

「会話でもそういうのがあるんだろうな。この場面にはこれしか伝わらないっていう」

具体的に思い浮かばないけど、と北條が笑いながら言った。

「ええ、話している当人同士でしか伝わらない言葉、他のものとは置き換えられない言葉ってありますよね」

ふと〝おまじない〟という言葉がそうではないか、と思った。「鳥福」からの帰りに「自分もおまじないを考えてみる」と告げて以来、北條との間でその件が話題に上ることは一度もなかった。

置き換えられない言葉か、と北條は呟いた後、しばらく黙っていたが、

「美月は実家が群馬だっけか」

と声の調子を変えて訊いた。

「ええ。冬の夜空は綺麗ですよ。乾燥してるから」

「かかあ天下とからっ風か」

そうですね、と笑って北條の横顔を見つめる。

「北條さんはどこでしたっけ」

「金沢だ」

そうだった。サークル仲間とスキーへ行ったとき、力強いフォームで滑る北條を見て、さすが金沢出身と誰かが言っていたのを思い出した。

「やっぱり冬の空は綺麗ですか」

「そうだな。晴れた冬空は耳がちぎれそうなくらい澄み渡ってる。ことに月の夜は積もった雪が青く見えるんだ。しかも、雪が音という音を吸い込んだみたいに辺りがしんとしててさ。自分だけがこの世界に取り残されたみたいで怖くなる」

雪明かりの夜に少年が佇む姿を思い描いてみる。経験したことのない静寂や心細さを完璧に再現するのは難しい。

「ご実家は何をなさってるんですか」

しんみりとした気持ちを切り替えるように美月は訊いた。

「造り酒屋だよ。兄貴が継いでるけどな。働き者の奥さんをもらって、子どもも二人いて。親からしたら自慢の長男だ。おれと違って地に足をつけてまともに生きてるよ」

「北條さんだってまともに生きてるじゃないですか」

つい声が大きくなった。その分、直後に降りてきた静寂がずしりと重い。美月の肩を、背中を、胸を圧迫する。

――それでも美月が気になるんならやっぱり訊いてみなよ。

奈美の言葉が脳裏をよぎる。

「聞かせてください」

押し潰されそうな沈黙から逃れるように美月は声に出していた。

北條が大きな目を瞠っていた。半開きの唇が僅かに動きかけたが、それを制するように美月の喉から言葉が迸っていた。

「北條さんのことを聞かせてください。私知りたいんです。無責任な噂《うわさ》や他人の言葉じゃなくて、北條さんの言葉でちゃんと知りたいんです」

北條が前を向いた。暗い宙に目を据えたまま動かない。静寂が水を含んだように厚みを増し、ふたりの間に見えない壁を作る。

やがて、その壁を強引に押しのけるようにして北條が深々と息を吐いた。

「子どもが欲しかったんだ。おれじゃなくてさ、妻が」

ビルの灯りにぼんやりと浮き上がった彼の輪郭は胸が締め付けられるほど頼りなげに見えた。もしかしたら自分は途轍《とてつ》もなくひどいことをしているのではないだろうか。彼の胸の中に強引に手を突っ込み、無数の瘡蓋《かさぶた》を爪で剝がすようなことを。一瞬よぎった後悔に蓋をし、美月は北條の横顔をじっと見つめ続けた。

「けど、気づいてやれなかった。おれ、仕事がすげえ楽しくてさ。毎晩のように帰りが遅くなって。彼女の話もろくに聞こうとしなかった。高校時代からの付き合いだったから、どこかで彼女に甘えてたんだろうな」

高校時代。美月が決して知ることのない彼の過去の時間。その空白を少しでも埋めたくて彼の一語一語に耳を傾ける。

「彼女は毎晩、おれを待ってたんだ。話をしたくて。けど、今度の休みに聞くからっておれは仕事を優先した。そのうちに休みも仕事が入るようになってさ。将来の役員候補だって周囲から言われて舞い上がってたんだろうな。しゃかりきになって走った。そうしなきゃ追いつかれそうな気がして。けど、そのせいで色々なものが見えなくなった。自分の周りにある景色が綺麗だってことも。それが時を経れば移り変わっていくことも」

全部、見失ってた。絞り出すように言うと、北條は小さく息をついてから再び言葉を継いだ。

「ひとりでおれの帰りを待ちながら、聞いて欲しいのに聞いてもらえない言葉を溜め込んでいたんだろうな。そもそも人間の抱えられる容量なんてちっぽけなもんだ。溜め込んだものを吐き出さなきゃ、いつか内側から破裂する。だから彼女は――」

そこで言葉は途切れた。北條は彫りの深い顔に苦渋を滲ませ、身じろぎもせず前を凝視している。それは闇の奥にひそんでいる何かを探そうとしているかのように見えた。

知ることと知らないでいること。どちらが正解なのだろうと美月は考える。

――生きていれば人に言いたくない失敗や疵なんて山ほどできるでしょ。

奈美の言うことは尤もだ。胸の底に澱《おり》のようにどろりと積み重なったもの。手で掬って捨てたいのに、つい目を背けてそのままにしてしまうもの。自分で見たくないもの。触れたくないものをどうして人に見せられるだろう。

でも、奈美はこうも言っていた。

——美月が気になるんならやっぱり訊いてみなよ。

信頼する親友の言葉は矛盾しているようにも思える。だが、実のところ彼女はこう言いたかったのではないだろうか。

知ったほうがいいのか、知らないほうがいいのか、正解などない。いや、正解がないのではなく、人によって正解が違うのだ。

私は私の正解を決めた。彼の胸の中にあるものを見せて欲しいと告げた。それは決して興味本位なんかではない。

彼は私にたくさんのことをしてくれた。アルバイトとして雇ってくれた。カップラーメンや焼肉弁当を一緒に食べてくれた。大きく口を開けて食べればいいのだと、人を必要以上に怖がらなくてもいいのだと、思い切って向き合えば何とかなるのだと、そんなふうに教えてくれた。何よりも、私を守ると言ってくれた。

それでも、未だにあの家から逃げて逃げて逃げ続けている私を、新しい世界へ足を踏み出せない私を、見守り、支えてくれている。

そんな彼を私も支えたいと思う。

美月はほんの少しだけ体をずらして北條に近づいた。北條は微かに身じろぎしたが、何も言わずに手すりに大きな手をそっと置いた。美月もその傍に自分の手を置く。手と手の間は五センチほどだ。

不思議だった。手を触れているわけでもないのに北條の温みが美月の内側に流れ込んでくる。自分の温みも彼へ伝わっていることを心の底から願う。

北條が大きく息を吸い込んでから言った。

「彼女は――吐き出す場所を他へ求めた」

それこそずっと溜め込んでいたものを吐き出すように。

「それで――」心を鼓して美月はその先を促した。

「それで、頭に血が上って彼女を責めた。相手の男はおれも知ってるやつでさ。どうしても許せなかったんだ。それまで仕事を理由にろくに話を聞かなかったくせに、突然早く帰宅して妻が家にいるかを確かめた。昼間はどこへ出掛けたのかいちいち問い質した。まるで監視するみたいに。いや、監視してたんだろうな。ある日、もう疲れた、ここから出して欲しい、って妻に言われて、ようやく冷静になったんだ。噂になっているかもしれないが、妻に拳を振り上げたことはない。だが、おれのやったことは確かに暴力だ。妻の心を何重にも傷つけたんだから」

北條は一旦言葉を切った後、

「それまではさ、人間どんなに失敗してもやり直せるって思ってたんだ。けど、やり直せないこともあるんだって。そのとき初めて気づいた」

みっともない男だろ、と自嘲気味に言い足した。

みっともないって何だろう。失敗したことだろうか。失敗に気づかなかったことだろうか。気づかぬままさらなる失敗を重ねたことだろうか。それともそんな弱い部分を他人に見せたことだろうか。

人はどう思うかわからないけれど、自分は今の北條をみっともないとは思わない。ただひたすらに有り難く、愛おしい。そして北條に先に話させてしまった自分自身をずるいと感じている。先に話すほうがずっとしんどいだろうと思う。

それでも、今から自分がしようとしていることが恐ろしくてたまらない。見たくないもの。長い間、心の奥に追いやってきた素手では触れたくないもの。そんな醜いものを北條が果たして受け止めてくれるだろうか。

「みっともないのは――」

言葉に詰まった。

北條の手がそっと動く。五センチの差がまた縮まった。声にならない声が美月の背中を力強く押すのがわかった。

息を大きく吸うと、はっきりと言い直した。

「みっともないのは、私です」

その後は堰を切ったように言葉が溢れ出た。

モップ掛けもシャトル拾いもみんなのためじゃなくて自分のためだったんです。入学式で親しくなった同級生には言葉のアクセントがおかしいって笑われて、自分が田舎者だって思ったら心が縮こまって、親しい友達がなかなかできなくて。体育館のどこにいたらいいかわからないから自分の居場所を作るためにやってただけなんです。ナベさんのことも本当に心配で探しに行ったわけじゃありません。万一、ナベさんに何かあったらきっと後悔する。ううん。自分が後で嫌な気持ちになる。ナベさんのためじゃなくて自分のために探しに行ったんです。

北條さんにいつか言われたように、私〝いい子〟なんです。善人面してるだけなんです。自分をよく見せたいって気持ちが強いんでしょうね。俊平と結婚したのだってそう。俊平の持ってる、一見きらきらしたものが欲しかった。結婚すれば自分もそれを身に纏えると思ってたんです。でも、そんな結婚が上手くいくはずがない。おかしいでしょう。中身がないくせに、田舎者のくせに、人の持っている銀のスプーンなんかを欲しがるなんて。いえ、自分のアルミのスプーンに、一生懸命メッキを被《かぶ》せようとしてたんです。そうして霞《かすみ》みたいな幸せを口に入れようとしてた。

「だから、私こそみっともないんです」

泣くまいと歯を食いしばる。胸の底にこびりついていたものを無理やり剝がして、外に出すのはつらかった。そして同じことを北條に強《し》いたことはもっとつらかった。

だから、今、胸の内側はひりひりと痛い。

けれど、後悔はしていないし、心細くもない。

触れていないのに温かい。そんな不思議な温みに守られて、美月はぼんやりとした空を見る。

長い長い間が空いた。

「柄にもないことを言っていいか」

北條の声に闊達《かったつ》さが戻った。

「ええ」

だから美月も頑張って声に張りを持たせる。

「こうして空をじっと見つめてるとさ、さっきまで見えなかった星が少しずつ見えて来るんだ。暗いところにも、星がきっと無数にあるんだろうな」

北條は空を見上げたまま、大事なことを打ち明けるように一語一語丁寧に告げた。

彼の言葉を確かめるように、できる限り首を伸ばして美月は空を仰ぐ。

青白く輝く星の隙間にある微小な星。目を凝らさなければ見えぬほどの頼りない光。けれど確かにそれは存在する。そんな星々を求めて美月は息をひそめ、夜空を見つめた。

ぼんやりとした空に、ひとつ、またひとつと小さな星が浮かび上がる。すると不思議なことに今まで見えていた星たちが明るさを増していく。どれもが小さな星だ。だからこそ、本物の星なのだと思えば胸が震えた。

その瞬間、雪明かりの情景が思い浮かんだ。凍てつく月と残酷なくらいに青白く染まった雪。恐ろしいほどの静寂の中にいるのは少年の彼ではなかった。

——おれの心の中にある問題を解決するには、どんなおまじないを唱えたらいいんだろう。

——で、考えたけど、自分のこととなると、途端に浮かばなくなるんだ。

今わかった。あの言葉は嘘なのだ。北條は、おまじないをとうに知っているのだ。でも、彼はそれを唱えることができない。いや、自ら封じているのだ。

知っているのに、自分では唱えられないおまじない。だったら、誰かが代わりに唱えてあげなければいけない。

「北條さん」

思い切って彼を呼ぶ。

こちらを向いた瞳の奥には柔らかい光だけでなく、深い悲しみの色が宿っていた。

その色を受け止めながら、美月は心をこめて北條のおまじないを唱える。

「自分を許してあげて」

北條の瞳が見たこともないほど大きく揺れた。痛みと後悔と悲しみと。様々な感情が彼の中で混じり合う。

やがて北條は小さな息をついた。美月、と柔らかな声で呼んだ後、ゆっくりと天を振り仰ぐ。

「また、こうして空を見よう」

それで充分だった。

ありがとう、なんてありふれた言葉ではないことがむしろ嬉しかった。北條と自分にしか伝わらない言葉、他のものと置き換えられない言葉で思いを伝えてくれたことに感謝したかった。その思いは自分も同じだと伝えたかった。

「はい。一緒に見ましょう」

澄みきった群青色の空でも、分厚い雲に覆われた空でも、大粒の雨が落ちてくる空でも、寒風が吹き渡る空でも、小雪が舞う空でも、どんな空でもいい。ただ北條と一緒に並んで空を見たかった。今この瞬間はもちろん、明日も、明後日も、一年後もずっとそうしていられたらいい、と心の底から思った。

空を見よう。

その言葉を胸の中でそっとなぞり、美月は夜空を見つめた。

都会の空はビルの灯りで下のほうが仄白く染まっている。でも、星はそんなことにはお構いなくちかちかと瞬いていた。それぞれの色で。それぞれの場所で。ただ一心に瞬いていた。

十六

「お母さんの絵に似てるね」

東名高速を走る車の窓から空を眺めて美月は言った。

「どの絵?」

隣でペットボトルの麦茶を飲みながら悠太が訊いた。倉橋家のハイブリッド車の後部座席には悠太を挟むようにして理穂と美月が座っている。もちろん運転手は父親の洸一だ。会うのは今日で二回目だが、先方がやけに砕けた感じなのは姉弟に美月の話をよく聞いているからだろうか。まさか包丁を落として泣いたことまでは伝わっていないだろうが、どんなふうに自分のことが話されているのかと少々不安になる。

「居間の絵ですよね」

その洸一が美月の代わりに答えを言った。

「ええ。あの空に似てると思いませんか」

夏の陽が沈み、夕方と夜のあわいにある空は水彩絵の具を塗り重ねたような色をしていた。紺色に近い青色から水色、藤色、薔薇色と、下方へ行くにしたがって空は赤みを増していく。

「確かに。空気が澄んでいるから、空が綺麗に見えるんでしょうね」

洸一が穏やかな声で同意する。

「そうですね。ほら、あそこに」

美月は西の空に浮かぶひときわ光彩を放つ大きな星を指差した。明るい夕空でもはっきり見える星は――

「金星だね、先生」

いち早く答えを口にしたのは悠太だ。美月と理穂が星の話をしているのを耳にして覚えたのだろう。

「もう。どうして先に言っちゃうの」

理穂が形のいい唇を尖らせる。

「いいじゃん。ぼくだって星の勉強にきたんだもん」

ねえ、先生、と悠太は美月に自分の腕を絡めて同意を求める。

「そうね。山のほうへ行けばもっとたくさん見られるよ。晴れてよかったね」

刻一刻と姿を変える夕空を見ながら美月はささやかな姉弟喧嘩を笑った。

平日だが、夏休みも数日で終わりとあって、東名高速は家族連れらしき車でそれなりに混んでいた。目的地の丹沢付近に着くまで一時間ほどだろうか。

おにぎりを持っていって星の下で食べよう。数日前、美月が提案すると、じゃあ星のおにぎりがいい、と悠太が言った。美月は家の近くのスーパーや百円ショップで星のおにぎり型を探したが結局見つけることはできなかった。

だが、今日の昼過ぎに倉橋家へ行くと、

――じゃーん。先生、見て、見て。

悠太と理穂が嬉しそうに見せてくれたのは星形に切った海苔《のり》だった。美月が星のおにぎり型を探している間、この子たちは海苔を星形に切っていたのだ。目から鱗が落ちる思いだった。

なかったら自分で作ればいい。たかがおにぎりのことだが、至極単純で大事なことをふたりから教えられたような気がした。

美月はほんの短い間に藍色の面積が増えた晩夏の空を見上げた。慰めてもらったり、大事なことを教えてもらったり、何かをしてもらうばかりで自分はこの姉弟に何ひとつ返してあげられない。そんな思いが胸をよぎり、少しばかり情けない気持ちになる。

「ねえ、先生。夏の大三角、綺麗に見えるかな」

悠太の小さな頭を押しのけるようにして理穂が問いを投げた。

「見えるよ。きっと」

澄んだ夜空を思い浮かべながら美月は声に力をこめて答えた。

高速を降りて丹沢の山道に入ったのは午後八時。予定よりも三十分ほど遅い時刻だ。民家が途切れると、ヘッドライト以外の灯りはなくなり、山道は墨を流したような闇で覆われた。キャンプ帰りらしき対向車と時折すれ違うが、この時刻に山へ向かう車は他に見当たらない。

「山道って少し怖いね」

と暗い車内で理穂が言い、

「へへっ。お姉ちゃんは弱虫だね」

と悠太が笑う。また他愛ない姉弟喧嘩が始まる。そんなことを繰り返しているうちにいつの間にか目的地へ着いていた。

この辺りでいいかな、と洸一が車を止めたのは道路脇の小さな空地だ。ヘッドライトをつけたまま車を降りると、巨大な杉林がすぐそこに迫っていた。針葉樹独特の爽やかな匂いを涼やかな川風が運んでくる。闇をのびやかに貫き、天の高みに向かって聳《そび》える無数の杉は神々しく、微かな渓流の音さえも彼らが吐き出す溜息のように聞こえた。

「この先にあるキャンプ場に以前来たことがありましてね。こいつが小さい頃ですが」

洸一が闇を押しのけるような陽気な声で言う。

「ぼく、覚えてないよ」

悠太は口を尖らせながら父親の腕に摑まった。

「色々なところへ連れて行ってやってるのになぁ」

北海道も沖縄も旅行したのにと洸一は残念そうに首をひねる。

「覚えていなくても、そのときの感動は悠太君の中に残っていますよ。だってこんなに情緒豊かな、いい子に育ってますもの」

美月の言葉に、そうですかね、と言いながらも洸一は嬉しそうな顔をした。子は親を映す鏡というが、理穂と悠太の父親だけあっていい人だと思う。

「ねえ、早く観測しよう」

理穂が大人ふたりの間に無邪気に割り込んだ。

よし、と洸一は言って空を見上げると、

「さあ、思う存分勉強してくれ。ここから見る空は全部おまえたちのものだ」

芝居がかった声色で大きく手を広げた。

「お父さんたら、変」

理穂はやれやれといった調子で肩をすくめ、悠太も「お父さん、変」とけらけら笑う。美月も思わず吹き出した。

「変とは何だ」

なあ、悠太見てみろよ、と洸一は屈んで息子の小さな肩を抱く。空を見つめる悠太の薄茶色の瞳は星の光を吸い込んだようにきらきらと輝いている。弟につられるように華奢な首をもたげた理穂は感嘆の溜息を洩らした。美月も息を呑む。

黒のベルベットにありったけの銀の欠片を撒き散らしたような星空が広がっていた。

都会の模糊とした空では到底目にすることのできない輝きがそこにある。

「ねえ、先生。何で瞬く星と瞬かない星があるの」

理穂が首をもたげたまま問う。

「そうね。恒星と惑星の違いかな。後は大気の状態にもよるね。大気中に水蒸気や塵が多いと光が屈折するの」

美月が北條からの受け売りを披露すると、

「星はね、泣いてるんだよ」

と悠太が無邪気な声で言った。その言葉にどきりとし、視線を悠太へ移す。

「おお、さすがに我が息子。詩人だな」

洸一が仰々しいほど剽げた口ぶりで褒めた。

「しじん、ってなあに」

悠太はきょとんとした顔をする。子どもらしいその表情にほっとし、

「悠太君のお母さんみたいに言葉で上手に気持ちを表現することのできる人よ」

美月が微笑みながら答えると、

「お母さんは、しじん、なの」

と悠太は父親と美月とを交互に見た。

洸一は天を仰いで目を細めた。一瞬の間が空いた。

「そうだな。お母さんは詩人だな」

息子の問いに淡々と答えた。危うくこぼれそうになった感情の欠片を戻そうとして、
洸一は空を見上げたのではないか。そんな気がした。

すると、なぜか正義感のようなものが美月の内側で首をもたげた。

詩人の奥様はいつ戻ってくるのですか？

そもそも奥様の長期不在をどうして許しているのですか？

受験生である理穂ちゃんの不安や家事の負担をどうお考えですか？

悠太君の寂しさをご存知ですか？

洸一への質問が次々と胸に浮かぶ。

だが、むろんそんなことが訊けるはずもなく、

「それにしても、本当に綺麗ですね。満天の星ってこういうことでしょうね」

口をついて出たのは、当たり障りのない言葉だった。

「そうですね。でも、どんなに空気の綺麗な場所へ行っても、どんなに高い場所へ行っても、この空が星に埋め尽くされることはないんでしょうね」

彼はまだ天を見つめていた。美月は銀縁眼鏡の奥に隠れている本当の瞳の色をどう

しても確かめたくなり、

「でも、暗いところがあるからこそ星は綺麗に見えるんじゃないでしょうか」

反論とも思えるそんな言葉で返していた。

洸一は空から視線を戻し、美月の真意を量るように切れ長の目を細めたが、いやあ、先生も詩人ですね、とくしゃっと笑った。故意か偶然か、少年のような笑みで瞳の色が見えなくなった。その笑顔を見た途端、一回りも上の大人、しかも客とも言える相手に向かって何をしているんだと正気に返った。

「いえいえ、お父さんもなかなかです」

洸一に合わせて笑みを繕い、冗談めかす。

「大人二人で褒め合ってばっかみたい」

と理穂が眉をひそめ、

「ね、悠太、夏の大三角を探そう」

悠太の手を引くと少し離れた場所へ移動した。もしかしたら、理穂は気を遣ったのではないか。父親と家庭教師が大人の会話ができるように。

下手なことをせずに率直に訊いてみようか。

あの子たちの母親はいつ帰ってくるのかと――

「そう言えば、北條は元気ですか」

唐突に北條の名が出た。

「あ、ええ。もちろん元気です」

出鼻を挫《くじ》かれたような気がし、少しばかり動揺する。

「彼は優秀だったんですよ。人当たりもいいし、誠実に仕事はやるし。突然辞めてしまったのが実にもったいない」

もったいない。狐目とぽっちゃり少女が理穂に投げた言葉。

価値のあるものが無駄になったときに使う言葉。

猛烈に違和を覚える。

一流商社を辞めたからもったいない。洸一の言葉はそう聞こえた。

「そうですか。ですが、今の仕事も誠実にやってますよ」

思わず語気が強くなった。人の価値はどこで生きるかではなく、どう生きるかで量るべきではないのか。青くさい理想論などではなく北條の生き方を見ていると真剣にそんなことを思う。

洸一は少し驚いたような顔をしたが、

「なるほど。できるやつはどこへ行ってもできるということですね。もったいない、というのは間違っていますね」

にこやかに笑った。その笑顔ではっと我に返る。

「ごめんなさい、私、つい」

いえいえ、私のほうこそ失言でした、と洸一はかぶりを振り、

「北條の言った通りですね」

とくすりと笑った。笑われているわけがわからず、美月が次の言葉を探していると、

「あなたを推薦してくれたときに、優秀なだけでなく、信頼できる誠実な人間だと彼は言っていました。それがよくわかる気がします。子どもたちが懐いているのもそういうことなんでしょうね」

そう言った後、洸一は思いがけぬことを口にした。

「私と妻はひょんなことから出会いましてね」

「ひょんなこと？」

期待していたものがいきなり現れたことにうろたえて、美月の声は裏返る。だが、洸一はそんなこちらの胸の内を知ってか知らずか、穏やかに後を続けた。

「ええ。入社一年目だったかな。マンションの鍵を落としてしまって。道端でうろうろしていたら、妻が一緒に探してくれたんです。まだ向こうは大学生でしてね。でも、

絵本の挿絵みたいなものを少しずつ描かせてもらってたようで、ちょうど彼女が出版社から出てきたところでした」

「お優しい奥様なんですね」

「まあ、そうですかね。でも、結構気の強いところもありまして。理穂を見ればわかるでしょうが」

洸一は姉弟へ目を転じると決まり悪そうな表情で笑った。そこにいるのははにかみながら妻ののろけ話をする夫だ。居間に掛けられた美しい夕陽の絵、美味しそうなレシピの数々、玄関の葉書大の絵、陽の当たるアトリエ、愛する妻のもので埋め尽くされた家のどこにも、離婚家庭の暗い影は見当たらない。やはりあそこは幸福な家だ。

「理穂ちゃんも悠太君も恵まれていますね。素敵なご両親で」

「いやいや。そうでもありませんよ」

洸一が大袈裟なくらいに大きくかぶりを振ったとき、

「先生！　大三角が見つかったよ。ねえ、来て」

悠太が駆け寄ってきた。美月の手を引き、わざわざ理穂の傍へ誘《いざな》う。

「ほら、見て」と小さな手で空を指差す。父親の言った通り、この広い空は自分のものだとでもいうように誇らしげな顔で。

東の空の高い位置にあるひときわ輝く星、こと座のベガ。それから白鳥座のデネブ。そしてわし座のアルタイル。悠太の人差し指が宙に三角形を描いていく。下界に降りてこの小さな手はスケッチブックにどんな星の絵を描くのだろう。

「よくできたね。正解！」

頭を撫でると、悠太は満面に笑みを浮かべ、お父さんにも教えてあげよう、と所在なげに空を見ている父親の元へ駆けて行った。夜の〝お勉強〟が楽しくてたまらないのだろう。小さな体はボールのように弾んで見える。横浜の自宅に着くのは十一時過ぎか。その頃は疲れ果てて寝入っているだろうと思えば美月の頰は自然と緩んだ。

「先生」

理穂が妙に大人びた口調で呼んだ。

「どうしたの」

「さっき先生が言ってたことって本当だって思ったの。暗いところがあるから星は輝いて見えるんだって」

洸一の心の奥にあるものを引き出したくて言った台詞だ。ありふれた言い回しでさほど深い意味があったわけではない。それなのにきちんと人の言葉を受け止められる理穂の素直さと感受性に感心しながら、そうだね、と美月は頷いた。

「それとね。あたしもうひとつ気づいたことがあるの」

静かだけれど凛然《りんぜん》とした理穂の声だった。車のヘッドライトで仄かに浮かび上がる彼女の横顔は青白く透き通り、瞳は輝いていた。すんなりと伸びた綺麗な首に導かれるように美月も空を振り仰ぐ。

「こうしてずっと空を見ているとね、最初は見えなかった星がだんだん見えて来るの。ねえ、先生。暗いところにも星がたくさんあるんだね」

どきりとした。北條の言った台詞にそっくりだった。

理穂がゆっくりと空から視線を戻す。

青く濡れたような瞳と悲しみを湛《たた》えた北條の瞳が重なった。

初めて会った日からずっと気になっていた瞳の色。怒りと悲しみと寂しさと、そして諦めと、様々な感情の入り混じったような複雑な青い色。

それは、泣きたくてたまらないのに泣けない色だ。

妻との馴《な》れ初《そ》めを話す洸一のはにかむ表情と理穂の瞳の色が頭の中で入り混じり、混乱をきたす。

優しく素敵な両親。可愛い弟。恵まれた容姿に知性。正真正銘の銀のスプーンをくわえて生まれてきたはずなのに、この子はどうして誰かの助けを乞うような心細げな目をしているのだろう。

「先生。お姉ちゃん。お腹すいたよ。星のおにぎり食べようよ」

車のほうから悠太の弾む声がし、理穂の綺麗な目が弓形にたわんだ。

「花より団子、ううん、星よりおにぎり、だね。先生」

満天の星が降ってきたような美しい笑顔の裏に青い影はすっと隠れた。

十七

駅を出た途端、師走《しわす》の冷たい風に頬をなぶられた。美月は思わず首をすくめ、マフラーを巻き直した。夏休みが終わっていつまでも暑いと思っていたら、秋は駆け足で通り過ぎ、あっという間に冬になってしまった感がある。

数日前、俊平から連絡が来た。十二月三十日に帰省し、一月三日まで世田谷の家にいるという事務的なものだったが、ひどく気が重くなった。東京から俊平がいなくなったと思うだけで、全てから解放され、この二ヶ月近くは夫がいるということを忘れかけていたほどだったのだ。だが、よく考えてみれば美月自身は何ひとつ変わっていない。世間から見れば、婚家を黙って出てきた我儘勝手な嫁のままだ。俊平の帰省に合わせて一度世田谷の家に行こうか。でも、今さらどんな顔をして敷居を跨《また》げばいいのだろうか。考えるだけで心がすくんだ。

暗い物思いに耽《ふけ》りながら、遊歩道を歩いているうちに倉橋家の門の前に着いていた。

インターホンを押すと、珍しく顔を出したのは理穂だった。平素は黒やグレーの服が多い彼女も、今日はクリスマス・イブとあって、白いニットに赤いチェックのスカートと、華やかで女の子らしい装いだ。自分は相も変わらずカラス色のスーツだけれど。夏と違うのは上着の下にグレーのカーディガンを着込んでいることくらいだろうか。初めて訪れたときは紫陽花と黄色い傘だった玄関の絵も、今はツリーとサンタクロースに変わっている。

「悠太君は？」

靴を脱ぎながら美月が訊くと、ツリーに夢中なの、と理穂が苦笑した。

居間に入った途端、

「先生、あのね、ベルギーのお母さんが送ってくれたんだよ」

と嬉しそうな表情で悠太が出迎えた。美月の手を取り、ツリーの前へ引っ張っていく。

先週は見ることのなかった透明なガラスの天使やトナカイたちが、冬の陽を吸い込んで柔らかくきらめいていた。

「どれも綺麗ねぇ。さすが悠太君のお母さん、いい趣味だね」

クリスマスも母親は戻らないのか、と切なく思いながら美月はオーナメントを褒めた。料理とお菓子の勉強にベルギーへ行ったのなら、クリスマスこそ、その成果の見せ所だと思うのだが。

「ねえ、先生。今日は唐揚げにしようと思ってるんだ。ケーキも買ってあるし、もちろん食べて行けるよね」

理穂の言葉で我に返り、

「それは楽しみ。でも、先に問題をやっつけちゃおうか」

ようやくコートを脱ぎながら笑って答える。

「先生、やっつけるんじゃなくて、勝負するんだよ」

悠太が口を尖らせ真剣な顔で訂正をした。フードつきの真っ赤なトレーナーは理穂と同様クリスマス色だ。

「そうでした。大変失礼しました」

美月が頭を下げると、冬の陽が差し込む部屋に姉弟の笑い声が弾け、重なり合った。

俊平のこと。ベルギーの母親のこと。それぞれ屈託はあるけれど、せっかくのクリスマス・イブに余計なことは考えまいと、美月はふたりの無邪気な笑顔を見つめた。

ふと外を見ると、庭に青鈍色《あおにびいろ》の闇が漂い始めていた。悠太が気を利かせてくれたのだろう、知らぬ間に居間には灯りが点り、時計の針は五時を廻っている。

理穂は算数の図形問題と格闘している。志望校の傾向に合わせ、美月が参考書から類似問題を選んでまとめたものだ。

十二月に入ってすぐの模試で理穂の偏差値は六十を超えた。元々出来のいい子が学習ペースを取り戻したのだから当然とも言えるが、絶対に受かると大見得を切った手前、十二月までには何とか結果を出したかったので美月もほっとしていた。

朝は脳のゴールデンタイムだからね。理穂にはそう言い聞かせ、夜は十時までに寝て朝の五時半から七時半までみっちり学習するようスケジュールを立てた。美月が訪問した日は主に算数を指導し、夕食後は社会や国語の語彙など、記憶ものを音読させた。声に出せば視覚だけでなく聴覚を使う。記憶のコツは五官をフルに使うことだ。さらに理穂は就寝前にその日にやったことを必ずさらっていたようだ。睡眠はばらばらの記憶を綺麗に整理整頓してくれる。美月のそんなアドバイスを理解し、きちんと実践できるところが偉い。ともあれ理穂の学力は順調に伸びている。残りひと月と少し、彼女ならまだ伸びる。

「先生、終わった」

理穂がノートから視線を引き剝がした。上気した頰は自信に溢れている。

「オッケー。じゃあ、私がそれを添削している間、理科をさらっておいて」

美月が次の指示を出したとき、インターホンが鳴った。モニターで確認する間もなく、ソファで寝転がっていた悠太が起き上がり、ウサギのような俊敏さで玄関へ駆けて行く。ドアの隙間から宅配便を告げる声が居間へ流れ込んできた。

「サンタさんからのクリスマスプレゼントだ」

と言いながら悠太が冷たい風を供に連れて部屋へ駆け込んで来た。寒いよ、と理穂が首をすくめ、美月が笑いながら居間のドアを閉める。

ダイニングテーブルで理穂が包みを開けると、出てきたのは紺色の夜空にレモンイエローの月が描かれた表紙の絵本だった。柔らかい筆致は母親の描いたものだとすぐにわかる。

タイトルは『月のスープのつくりかた』だ。以前読ませてもらった絵本『おまじないさえ、となえれば』に月のスープが出てきたから、その続編だろうかと美月はぴかぴか輝く表紙の月を眺めた。

「お母さんの絵本だ。ねえ、お姉ちゃん。お母さんが送ってくれたのかな」

悠太が声を弾ませながら訊くと、

「違うよ。出版社からだね。新刊本だ」

理穂は淡々とした声で答えた。

「しんかんぼん、ってなあに」

「新しく出た本だよ」

同封されていた送付状に視線を落とす理穂を見て、美月は既視感を覚えた。確かこんなことが以前もあったような気がする。弾んだ弟の声とは対照的に冷淡とも思えるほど素っ気ない姉の反応。不意にブルーベルウッドの美しい写真が脳裏に浮かんだ。そうだ。あのときも彼女は素っ気なかった。端正な文字で綴られた母親の手紙を読みもせず、無造作にカウンターに置いたのだ。

「そっか。じゃあ、お母さん、ベルギーで新しい絵本を描いたんだね。ねえ、お姉ちゃん、読んでもいい？」

頰を上気させる悠太へ、いいよ、と返しながら理穂は読み終えた送付状を右手でくしゃりと握り潰し、カウンターに置いた。無意識にやったのではないことは固く握られた手を見ればすぐにわかった。

送付状には何が書いてあったのだろう。理穂の表情を読み取ろうとしたが、ソファに座って読もうか、と彼女は背を向けてしまった。そんな姉の様子に悠太はむろん気づかず、先生も来て、と弾む足取りでソファへ向かう。

胸の中で例の異物が蠢くのを感じながら美月はふたりの後に続いた。クリスマス・イブにはふさわしくないごろごろした黒いものに無理やり蓋をし、柔らかな焦げ茶色のソファに腰を下ろす。

理穂と美月を両脇に従えた悠太が弾む声で絵本を読み始めた。

月のスープのつくりかた。
材料は何でもいいのです。
たまねぎ。トマト。にんじん。そらまめ。れんこん。だいこん。ほうれんそう。
好きなものを好きなだけ入れましょう。
けれどだいじなことを忘れてはいけません。
心の中でおまじないをとなえるのです。
おまじないを教えてほしいって？
それは教えられません。

なぜならみんなの心の中にあるからです。
心の中にあるものは、みんなそれぞれ違うからです。
たとえばこんなふうに。

ぼくのスープはとうもろこしのスープ。
おばあちゃんが育てたとうもろこしを。
甘くてつやつやのとうもろこしを。
ゆでてうらごししてつくります。
ぷちぷち、つやつや。ぷちぷち、つやつや。
お空のおばあちゃん、ぼく、元気だよ。
おまじないをとなえればあらふしぎ。
とろとろの甘いスープになりました。
とびっきり温かいスープになりました。

かなさんのスープはなかよしスープ。
カボチャとジャガイモを――

そこで唐突に悠太の声が途切れた。読めない字でもあるのだろうか、と美月が絵本に視線を落としたとき、悠太がおもむろに顔を上げた。たった今冷たい海から上がったかのように蒼白《そうはく》だった。

なかよしスープ――

青ざめた小さな唇が形だけそう呟くと、不意にわなわなと震え出した。薄茶色の瞳は焦点が合わず、ツリーの辺りを虚《うつ》ろに彷徨《さまよ》っている。ベルギー製のオーナメントが居間の灯りを反射し、きらきらと輝いていた。

どうしたの、と美月が言いかけたとき、小さな手から絵本が床に滑り落ち、硬い音を立てた。美月が本を拾おうとすると、

「――が悪かったんだ」

くぐもった声で悠太は言った。いつもの高く澄んだ声ではない。喉に何か食べ物でも引っ掛かったような、いや、喉を何かで絞められたかのような苦しげな声だった。

「悠太。どうしたの。大丈夫」

理穂が心配そうな表情で悠太の肩を摑む。彼は小さな口をぱくぱくし、血の気の失《う》せた顔で姉を見上げている。

「苦しいの、苦しいんだね」

理穂が悠太を抱き寄せて背中をさする。

過呼吸か、いや、何かの発作か。もしかしたら悠太には持病でもあったのだろうか。いずれにしても、救急車を呼んだほうがいいかもしれない。

美月が腰を浮かせかけたとき、

「ぼくが、ぼくが、悪い、んだ」

理穂の腕の中で悠太が途切れ途切れに言葉を絞り出した。

「悪くないよ。悠太は何も悪くないんだよ」

抱きしめたまま理穂が言うと、悠太はいやいやをするように大きくかぶりを振った。それを合図にしたかのように、お母さん、お母さん、と連呼しながら激しく泣き始めた。

悠太は全身で泣いていた。皮膚、骨、肉、内臓、それこそ体の器官の全てがわななき、声を上げているのがわかった。姉の胸に縋りついていなければ彼の小さな体はばらばらになってしまうのではないか。そう案じられるほどの絶叫だった。その間、理穂は強張った表情で弟の背中を何かに憑《つ》かれたかのようにさすり続けた。

——悪くないよ。悠太は何も悪くないんだよ。

ふたりの遣り取りがどういうことか美月にはわからない。だが、それを今訊ねることは憚られ、悠太の絶叫を胸が引き絞られるような思いで聞いていた。

そうしてどれくらい時間が経っただろう。

庭には黒く濡れたような闇が降りていた。

少し落ち着いたのか、悠太はしゃくり上げながらぽつりぽつりと話し始めた。頭の隅でからまった糸を少しずつほどいていくように。

ぼくね。お母さんがね、ベルギーから帰って来てね、すごく、嬉しかったんだ。だからお母さんとずっと一緒にいたかった。

あの日はクリスマス・イブだったから、お姉ちゃんが塾に行っている間、ぼくはお母さんと買い物に出掛けたんだ。

街はクリスマスの飾りできらきらしてたし、お母さんと一緒だったから、ものすごく楽しかった。でもね。

お姉ちゃんは今日は塾で遅いから、クリスマスのパーティは明日にしよう。

お母さんがそう言ったんだ。だから、急につまらなくなっちゃった。

お姉ちゃんが勉強してるから静かにしてね。テレビは音が出ないようにイヤホンをつけて観てね。お姉ちゃんが塾から戻ってきたらご飯にしようね。

我慢しているのはいつもぼくばっかり。何でお姉ちゃんに合わせなくちゃいけないの。

思わず大きな声で言っていた。

やだ。お姉ちゃんなんかだいっきらいだもん。

どうして？

手を繋いだままお母さんが薄茶色の目でぼくを見下ろしていた。優しい色に少しだけ悲しそうな色が混じっていて、何だか悪いことをしたような気がした。でも、ぼくの口からはいやな言葉がぽんぽん飛び出した。

だってさ。ぼくがテレビを観てると、うるさいって怒鳴るんだ。

悠太が音を大きくしたからじゃないの？

そうでもないよ。小さい音にしてたんだ。それなのに二階に行きなさいって。ほんとにイジワルなんだよ。

言いながらぼくはお母さんの手をぶんぶんと振った。

どっちも少しずつ優しくなればいいのにね。

少しずつ？

そう。少しずつ。例えばね、お姉ちゃんが悠太の観たいテレビをやっているときに二階へ行って勉強しているのを見たら悠太はどう思う?

ぼくは少し考えてから、お姉ちゃんがそんなことするわけないよ、って言った。お姉ちゃんはいつもいばってるんだ。お母さんがいない間だって。

ゴミ出しも新聞を取るのもぼくばっかりだし。

そうかな。お姉ちゃん、昨日の夕方はお母さんのアトリエで勉強してたよ。あれは悠太が大好きなテレビを観てたからじゃないかしら。

お母さんは横断歩道の手前で足を止めると言った。

そうかもしれない。でも何だかもやもやした。

お母さんはお姉ちゃんの味方ばかりする。お姉ちゃんは塾の勉強があるから。お姉ちゃんは頭がいいから。

お母さんに会えて、せっかくふくらんでいたぼくの胸はぺしゃんこになった。

そしたらね。お母さんがこう言ったんだ。

ねえ、悠太。今日はさ、みんなでなかよしスープを作ろうか。

なかよしスープって何?

悠太の好きなジャガイモとお姉ちゃんの好きなカボチャを合体させるの。なかよくなあれって。牛乳たっぷり入れて。ね、どう？

お母さんはにっこり笑ったけど、ぼくは気に入らなかった。

久しぶりに会えたお母さん。ぼくだけのお母さん。

お姉ちゃんとなんてなかよくしたくない。

いやだ。ぼく、カボチャきらいだもん。甘くてべたべたしてるから。ジャガイモだけで作ってよ。お姉ちゃんもカボチャも大っきらい。

大っきらい。その言葉を聞いてお母さんはとっても悲しそうな顔をしたんだ。

ぼくの中で何かがぷちんと切れる音がした。

お姉ちゃんなんかきらい。お母さんもきらい。どうしてお姉ちゃんの味方ばかりするの。

ぼく、そう叫んでたんだ。

そのときね。隣に立っていたお兄さんの足が目に入った。

お兄さんはオレンジ色のスニーカーを履いていた。

新品のスニーカー。ぴかぴかのスニーカー。

そのスニーカーが一歩前に出た。

いいよ。青だよ。行きなよ。スニーカーはぼくにそう言ってるみたいだった。

だから駆け出した。
あ、と思ったときには右からすごい速さで車が走ってくるのが見えた。
胸がどきんと鳴った途端、ぼく、何かにはね飛ばされてた。
でも、それは大きな鉄のかたまりじゃなかった。
もっと柔らかくて温かいものだった。
その柔らかいものはものすごい力でぼくをはね飛ばしたんだ。
ぼくを守るために。
だから、だから——
お母さんがいなくなったのは、ぼくのせいなんだ。
それなのに、ぼく、そのことを長い間忘れてた。
絶対に、絶対に、忘れちゃいけないことなのに。

しんとしたリビングに姉弟のしゃくり上げる声だけが響く。
気づくと美月は血が滲むほどに唇を噛み、固く拳を握りしめていた。
柔らかくて温かいもの。それがものすごい力で悠太をはね飛ばす。
想像しただけで、心臓を摑まれ、ねじり上げられるようだった。

体が震えるほどの驚愕と悲しみとやりきれなさの後、色々なことが腑に落ちた。

あんなに優しそうな母親がなかなか帰って来ないことも。ベルギーから送られてきた写真の母親が初夏なのにダウンジャケットを着ていたことも。エアメールに母親の描いた絵が入っていないことも。そして理穂の瞳に時折よぎる青い影も。

そういうことだったのだ。

悠太は母の悲しい記憶を無意識に心の奥に封じ込め、洸一と理穂はそれに合わせて優しくも悲しいお芝居を演じてきた。恐らく遠くベルギーに住む真紀子叔母さんにも協力を仰いだのだろう。

子どもたちの大好きな母親はお菓子とお料理の勉強をするためにベルギーにいて、いつかこの家に帰ってくる。

そんな台本を作り、いつ幕が下りるかわからぬまま父と姉は傷ついた心をひた隠し、延々と舞台に立ち続けていた。

全ては悠太の幼い心を全力で守るために。

美月は床の絵本に視線を落とした。先ほど理穂が送付状を握り潰したわけがわかった。

この新刊本だけではない。ベルギーからの荷物や手紙、悠太にとっては母の生を実感させる美しいものたちが、理穂の眼前では死を声高に叫ぶ。彼女の心に尖った爪を立てる。悠太を守ろうとすればするほど理穂は傷つき、深手を負っていく——

そこまで考えてはっとした。

なぜ理穂が『かあかあ、かあさん』は好きじゃないと言ったのか。

子ガラスのところへ戻って来たのは母ガラスの〝羽〟と〝声〟だけだ。母ガラスは〝お空に溶けて〟しまった——

喪失を受け入れるための涙。理穂にはそれが許されなかった。

意識と無意識。その違いはあるけれど、心の奥底に閉じ込められたふたつの小さな魂は出口を探し求めて泣き叫んでいた。

寄り添うようにして泣いている姉弟の背を美月は両手で強くかき抱いた。

あの日、美月が包丁を落として泣いた日、先生はうそつきなんかじゃないよ、とふたりが言いながらそうしてくれたように。

私もこの子たちを何とかして守りたい——そう思ったとき。

ばちんと大きな音がし、家中の電気がふっつりと消えた。

悠太がびくりと身を強張らせ、停電かな、と理穂が心細げに呟いて辺りを見回した。

だが、テラス窓から外を見ると家々の灯りは点いている。ということはブレーカーが落ちたのだろうか。

キッチンを見てくるね、と美月が立ち上がったときだった。

部屋にぼうっと淡い光が差し込んだ。高窓の向こうに大きな丸い月が見えた。

満月だ。

柔らかくてとろりとして美味しそうで。そのままスープになりそうな優しい色。レモンイエローの月だ。

不意に月がぼやけた。いや、大きくなったように見えた。やがて、月は空の藍色が溶け込んだように青白い光を放ち、高窓に迫るほどに輝きを増していく。居間には月の光が水のように満ち溢れ、ガラスの天使やトナカイたちが光の細片を振り撒き始めた。

理穂も悠太もいつの間にか立ち上がり、惚《ほう》けたように巨大な月を見上げていた。褐色と薄茶色の瞳。色は違うけれど、つややかで濁りのない、よく似たふたりの瞳。

その瞳に映る青い光を見たとき美月の総身が激しく震えた。

――ぼく、先生にね、お姉ちゃんと一緒に、シュークリームを食べて欲しかったんだ。

――またつくってね、せんせい、ショーシュカツどん。

――だから、先生はうそつきなんかじゃないよ。
悠太の声が次々と耳奥から甦る。美月の胸を鮮やかに打つ。
――先生のお蔭。毎日欠かさずに先生お勧めの計算問題集やってるから。
――ねえ、先生。暗いところにも星がたくさんあるんだね。
――そうだよ、先生はうそつきなんかじゃないよ。
理穂の声が、小さな手の温もりが、美月の背中を前へ前へと押し出す。
できないことなんてない。何もない。
大事なことが何かを私はこの子たちからちゃんと教えてもらっているじゃないか。
小さな手でも大きな力があることを、身を以《もっ》て示してもらったじゃないか。
最前感じた思いが美月の胸底から強く突き上げる。
私はこの子たちを何とかして守りたい。
ただ、守りたいだけなんだ。
美月は床の絵本を手に取った。なぜかほんのりと温かい。
その温みごと胸にそっと抱き、高窓を見上げる。
ただ一心に月を見つめる。
月がさらに明度を増した。

美月の視界が眩《まばゆ》い光で埋め尽くされ、巨大な月に体が抱かれるような感覚があった。

刹那、何か厳粛で尊いものが胸へ流れ込んだ。

——おまじないをとなえてごらん。

耳奥で柔らかな声が響く。

「スープを作ろう」

絵本をソファテーブルに置くと無意識にそう言っていた。

「スープ？」

鸚鵡《おうむ》返《がえ》しに問う理穂の表情は夢の中にいるかのようにぼんやりとし、頬に幾筋も涙の痕をつけた悠太は目をぱちぱちさせている。月の光が姉弟の顔をいっそう柔らかに見せていた。

「そう、スープ。なかよしスープを作ろう」

はっきり口に出すと実感できた。それが私のできることだ。そして、佳奈さんが心から望んでいたことで、この子たちの力になることだ。

美月はもう一度高窓を見た。月は変わらずそこにいて、明るく美しい光を投げかけている。胸の中が温かく澄んでいるのを実感し、理穂と悠太に向き直る。

「ジャガイモと玉ねぎはある？　あ、もちろんカボチャも」

「あるよ。でも、先生――」と理穂が不安げに眉をひそめる。

「大丈夫だよ」

自分自身を励ますように美月が言うと、理穂は一呼吸置いた後に大きく頷いた。

「悠太、ジャガイモと玉ねぎを外から持ってきて。北海道のおばあちゃんが箱で送ってくれるやつよ。玉ねぎはひとつ、ジャガイモは大きめのやつをふたつね」

弟に指示を出すと理穂は真っ直ぐに美月を見つめる。真っ赤に泣き腫らした目には明るい光が点っていた。

「よし、三人で一緒に作ろう」

もう一度口に出すと、美月は理穂を伴ってキッチンへ向かった。

「カボチャは私が切るから理穂ちゃんはジャガイモの皮を剝いて。本当は皮ごと茹でたほうがいいけど、今日は小さくして茹でちゃおう。鍋の底で転がして水気を飛ばせばいいから。生クリームはある？」

「うん。ちゃんとある」

理穂は悪戯っぽく笑い、冷蔵庫から四分の一にカットされたカボチャを出してくれた。カウンターを通して差し込んだ月の光がオレンジ色の果肉をいっそう鮮やかに見せている。ラップを剝がし、水で洗ったカボチャをまな板の上に置く。理穂がその傍にさり気なく包丁を準備してくれた。刃と柄が一体型のステンレス包丁だ。

よく切れる逸品だというのは身を以って経験している。ストッキングの上からかすめただけなのに、足の甲の傷はなかなか治らなかった。カボチャを切り損なったら、恐らくこの前の比ではないだろう。不安と恐怖が心の奥からちらちらと顔を覗かせた。けれど、すぐに強い思いがそれを捻じ伏せる。それは美月ひとりのものではない。悠太と理穂と佳奈さんの思いが混じり合い、ひとつに凝縮されたものだ。

大きく息を吐き、思い切って包丁を握ってみた。なぜか以前のようなひやりとした冷たい感触はなかった。

清潔で温かいキッチン。この場所にいると佳奈さんの人柄や心が感じられるように、包丁にも彼女の手の温もりが宿っているのだと気づいた。その温もりに励まされるように美月は包丁を握り直す。

「先生。大丈夫?」

理穂が隣に立って不安げな表情で訊く。

「たぶん、大丈夫。でも、この前みたいに落とすと危ないから離れていて」

念のために言った後、大きく深呼吸をした。

美月はカボチャを摑み、向きを変えた。包丁に導かれるままにカボチャを押さえ、深緑色の皮のほうから慎重に刃を当てる。ゆっくり押すと、カボチャは気持ちいいくらいにさくりと切れた。押しているのに引くような感じだ。

少し離れた場所で理穂が息を吐き出すのがわかった。

「おばあちゃんのジャガイモと玉ねぎ、持ってきたよ」

悠太が頬を上気させ、ジャガイモと玉ねぎを小さな手で抱えて戻って来た。外に置いてあった野菜はひんやりと冷たい。もちろんそれを取ってきた悠太の手も同じように。

「ありがとう」

ジャガイモと玉ねぎを受け取って作業台に置き、美月は小さな手を両手で包みこむとさすって温めた。悠太はにっこり笑った後に、ありがとう、と言った。

不思議だった。佳奈さんの温もりを借りた自分の手は今までと様子が違う。包丁を持っても震えないし、何より料理が楽しくて楽しくて仕方ないといった表情をしている。

そして驚くほどに〝手〟は饒舌《じょうぜつ》だった。

言葉にはならないけれど、次々と美月に的確な指示を出す。

理穂が剝いたジャガイモは適当な大きさに切って、カボチャと一緒に茹でてしまえばいい。その間に玉ねぎのみじん切りだよ。

ほら、いい包丁だから驚くほどさくさく切れるでしょう。大丈夫だよ。上手、上手。自信を持って。

次は切った玉ねぎをバターで炒めて。そうそういい調子。その間にジャガイモとカボチャに火が通るでしょ。

「ほい、上がったよ」

笊《ざる》ではオレンジ色とクリーム色の野菜がほかほかと白い湯気を立てている。それらをもう一度鍋に戻し、水気を飛ばしてからボウルにあけると、準備万端、とばかりに理穂が濾《こ》し器と木杓子《きじやくし》を手にして待っている。

「悠太君も一緒にやるんだよ。仲良くね。なかよしスープなんだから」

美月の声に、悠太はこくりと頷いた。もうその目に涙はない。

カウンターの向こうでふたりがジャガイモとカボチャをつぶし始める。土の香りを含んだ温かい匂いが居間に広がっていく。

「お姉ちゃん、乱暴。ぽろぽろこぼれてるじゃん」

「あんたこそ、つまみ食いしたでしょ」

遠慮のない姉弟の会話を聞いて、美月自身もほんのりと幸せな気持ちになる。

ふたりが濾したカボチャとジャガイモに牛乳と炒めた玉ねぎを混ぜ、ミキサーでさらになめらかにする。悠太の頰にはつまみ食いしたジャガイモがついていて、文句を言いながらも理穂はそれを取ってやり、あはは、と笑いながら自らの口に放り込む。

すっかり馴染んだカボチャとジャガイモを鍋に戻し、さらに牛乳と生クリームを加えたところで美月は大事なことに思い当たった。

「おまじない、おまじない。悠太君お願い」

美月が言うと、悠太はすぐに絵本を取ってキッチンへ戻って来た。

最前は涙で途切れて読めなかった続きを悠太は澄んだ声で読んでいく。

かなさんのスープはなかよしスープ。
カボチャとジャガイモを合わせます。
カボチャはりほちゃんの大好物で、ジャガイモはゆうたくんの大好物。
ぽくぽく、ほくほく。
似ているようで違うふたつのものを。
つぶして、こして、ミルクでのばす。
優しく、優しく、優しくなあれ。

おまじないをとなえればあらふしぎ。

似ているようで違うふたつのものが。

しっとりなめらかなスープになりました。

とびっきりまろやかなスープになりました。

似ているようで違う。そんなふたつのものだから。

最強のなかよしスープになるのです。


美月は塩、胡椒、それにまろやかさを出すためにほんの少しだけ砂糖を入れた。部屋中に豊かで温かい匂いが満ちていく。

「理穂ちゃん、スープ皿取って」

「オッケー。とっておきのやつを出すね」

理穂は笑いながら人差し指と親指で輪を作った。食器棚の奥から取り出された丸くて小ぶりなスープ皿の底には大きな満月が描かれていた。

「こうしてスープを入れると底の月は隠れちゃうけど」

そう言いながら理穂は皿にそっとスープを流し込んでいく。

「ほら、見て」

傍で見ていた悠太がにこにこしながら指差した。見えなくなった大きな月の代わりに、皿の外側にうっすらと模様が現れた。たくさんの月だ。スープ皿を囲むようにして、月が満ち欠けしながら並んでいた。皿が温まると絵が浮き上がる仕組みなのだろう。

スープ皿を銘々が自分の前に置いてテーブルを囲む。『月のスープのつくりかた』は悠太の手によって四人掛けのテーブルの空いた席に置かれた。

クリスマス・イブに月灯りでいただく月の色のスープ。

この上なく贅沢で幸福な晩餐《ばんさん》に胸が震える。

ありがとう。いただきます。

綺麗な色だ。カボチャとジャガイモが混じり、溶け合ってできた、ふっくらとしたクリームイエローはどんな絵の具でも出せない自然の色だ。

スプーンで掬うと温かい湯気がほわっと立ち上った。ふうふう吹いてからそっと口に運ぶ。

美味しい。

呟いた途端、母の料理が次々と思い浮かんだ。金時豆、里芋の煮っころがし、ソースカツ丼、野菜たっぷりの味噌汁、お弁当の甘じょっぱい卵焼き。お肉屋さんのコロッケでさえ懐かしい〝母の味〟だった。

遅くなってごめんね。パート先から自転車を飛ばして帰って来た母は必ずそう言ってからキッチンに立った。手軽だろうが、インスタント出汁を使っていようが、出来合いの惣菜だろうが、お腹を空かせた私と妹のために、仕事で疲れている母が一生懸命支度してくれた料理の数々。

だからあんなに美味しかったのだ。有り難かったのだ。

私のおまじないはここにあった。私の中にあった。

誰に教えられなくても、幼い頃に自然と知っていた。

美味しい料理を作れるだけじゃなく、幸せになれる。

簡単だけれど、美しい言葉。

誰もが知っているその言葉を、私は心の奥に仕舞い込んだきり、長いこと忘れていただけだったんだ。

「ねえ、先生、大丈夫」

気づくとスプーンを持ったまま手が宙に浮いていた。理穂と悠太が不安そうにこちらを見ている。

「ごめん、ごめん。スープが美味しすぎてびっくりしちゃった。ねえ、私、またこのスープ作れるかな」

　言った途端、涙がこぼれた。

　佳奈さんと子どもたちの心が重なり合って生まれたスープ。世界でたったひとつしかない美味しいスープ。

　でも、佳奈さんがこのスープを作ることはもうないのだ。

　スープだけじゃない。ポークジンジャーも、お助けカレーも、まんまるハンバーグも、お酒のシャワーを浴びた唐揚げも、どんなに望んでも佳奈さんがこの子たちのために作ることは二度とできない。

　誰も佳奈さんの代わりにはなれないんだ。

　美月は俯いて下唇を嚙んだ。涙がテーブルにぽたぽたと滴り落ちる。月の光を吸い込んだ小さな水たまりを作る。誰にも掬い取ることのできない水たまりを幾つも作っていく。

「大丈夫だよ」

　悠太のきっぱりした声がして、美月ははっと顔を上げた。

　小さく柔らかな唇が紡ぎ出す力強い言葉。

　大丈夫だよ。大丈夫だよ。

いつかと同じように美月の胸が揺れる。月の光を映した水たまりも微かに揺れる。

「大丈夫だから」

頬を紅潮させた悠太は同じ言葉を繰り返すとスプーンを置いて立ち上がり、テーブルの絵本を手に取る。

「ほら、これがあるもん」

悠太がテーブルに広げてくれた最後のページ。

月模様の皿に入ったクリーム色のスープがほかほかと白い湯気を立てていた。そして、倉橋家の居間にそっくりな部屋、高窓の向こうでは満天の星と大きな丸い月が輝いている。スープと同じ色。レモンイエローの月だ。

美月は首をもたげ本物の高窓を見る。

絵本よりもっと透明で、もっと光り輝く月を見上げる。

悠太が、理穂が、同じように見る。

月も三人を見ている。

とろけそうなほど優しい表情で。泣きたいほど美しい眼差しで。

月は三人を真っ直ぐに見下ろしている。

——おまじないをとなえてごらん。

美月は椅子から立ち上がると悠太をそっと抱きしめた。

まるでそうするのがごく当然のように。

小さく柔らかい体は焼きたてのパンに似た甘く懐かしい匂いがした。

温かい月の光が美月と悠太と理穂を、いや、部屋全体をふわりと包み込む。

空から降りてきた大きな羽のように。

「………」

耳元で声が聞こえたような気がした。それははっとするほど美しく、そして親密な響きだった。

声が何と言ったのか美月には聞き取れなかったけれど、傍で理穂が鼻をくすんと鳴らし、腕の中で悠太が小さく、しかし確かに頷くのがわかった。

理穂と悠太だけでなく美月をも包んでくれる優しく温かく尊いものへ。

心の中で礼を言う。

大事な言葉を思い出させてくれてありがとう。

十八

三日後の土曜日、指導日ではなかったが美月は倉橋家を訪れた。どうしても来て欲しい、できればいつもより一時間ほど早く、と理穂から連絡があったのだった。

「先生、ごめんなさい。無理を言って」

倉橋家の玄関で美月を出迎えたのは悠太ではなく、ジーンズに白いトレーナー姿の理穂だった。

明るい居間は悠太がいないせいか、がらんとしてどこか寂しい。聞けば父親と一緒に買い物に出掛けたという。

「お父さんのいる日じゃないと悠太を追い出せないから。先生とふたりきりで話したかったんだ」

理穂は美月を二階のアトリエへと案内した。窓から差し込む光は薄い膜で濾したように透明で柔らかく、部屋は春のように暖かかった。

モスグリーンのソファを美月に勧めると、

「先生にね。どうしてもこれを見て欲しかったの」

と理穂は大きな机にあったスケッチブックを手にし、ソファに深々と腰を下ろした。

パンケーキの絵だ。初めてこの絵を見たときは、未完成のまま机に広げられていることや、悠太の冷淡なほど薄い反応を不思議に思ったのだった。

「これね。お母さんがクリスマスに作るはずだったパンケーキなの。悠太が絵本に出てくるような大きなパンケーキを作ってよ、って言ってたから。木苺のソースに生クリームとヒイラギの葉を添えてクリスマスらしくしようねって」

けど、できなかった、と理穂は呟いた後、パンケーキの絵に視線を落とした。

悠太がこの絵に対して素っ気なかった理由が今ならよくわかる。

クリスマスに母親が作る予定だったパンケーキの絵。

彼は彼自身を守るために、この絵を見るときだけは、無意識に心の目を閉じていたのだろう。母親は自分を助けるために死んだ。その事実を受け止めるには六歳の子の心はあまりにも小さく柔らかい。

理穂はスケッチブックを膝に置き、何かを思い切るように息を吐き出した。

「あたしね。悠太に嘘をついていることがいいことかどうかわからなかった。お母さんが死んだことを悲しまなくちゃ、あの子は前へ進めないような気がしたんだ。だからね、あたしわざとスケッチブックを片づけなかったの。ああして悠太の目に入るようにしておいた。そうしておけば、悠太が自然と事故の日のことを思い出すんじゃないかって。ねえ、先生」

悲しむっていけないことなの、と理穂はほっそりした手で顔を覆った。華奢な背中は小刻みに震えている。

「そんなことないよ。悲しいときは泣いていいんだよ。泣かなかったら、子どもは、ううん、人は心が壊れちゃうもの」

もう頑張らなくていいんだよ、と美月は理穂の背に手を置いた。

佳奈さんの死について、洸一と理穂との間でどんな会話があったかはわからない。でも、十二歳の心に背負わせるにはあまりに重い秘密だった。どうしてそのことにもっと早く気づいてあげられなかったのだろう、つらい思いを共有してあげられなかったのだろうと悔やみながら、美月は陽射しを集めるようにして震える背をさすり続けた。

理穂はひとしきり泣いた後にスケッチブックを指でなぞった。

「ねえ、あの子、ものすごく頑張ったでしょ」

色のなかった木苺のソースは赤いクレヨンで鮮やかに塗られている。

光の差し込む居間。色とりどりのレシピや美しい絵。柔らかな筆致の絵本。紙と絵の具の匂いの漂う明るいアトリエ。

最初、美月は倉橋家を「幸福な家」だと思った。だが、違った。ここは「幸福だった家」で、そのときから時計の針を止めたままの場所だった。

凍りついた針を動かすためには三人が力を合わせなくてはならなかった。けれど、幼い悠太にとって、冷たい針に触れることは決して容易いことではなかっただろう。

理穂が言う通り、彼はものすごく頑張ったのだ。だからスケッチブックの余白は、水で濡れて乾いた跡のようにたわんでいる。

大丈夫だよ。大丈夫だよ。

自分自身にそう言い聞かせながら、彼は痛みと悲しみを伴う記憶の再現に正面から立ち向かっていったのだろう。大好きな母親のために。

だからこそ、真っ赤な木苺のソースはつややかでとろりとして甘そうで、何よりも愛おしい。

そして、絵を見つめる理穂の瞳には春の陽を吸い込んだような光が点っている。

「ありがとう。大事なものを見せてくれて」

美月は心をこめて感謝を伝えた。

「お礼を言いたいのはあたしのほうだよ。先生に会えてよかった。先生に会えたから、うぅん、先生が月のスープを作ってくれたから」

あたしと悠太はお母さんに会えたんだ。

最後の言葉は小さかったけれど、美月の耳には確かにそう聞こえた。

「先生。あたしね。本当はあの絵本が好きなんだ」

大好きなんだ。理穂は柔らかに微笑むと立ち上がり、書棚の右端から一冊の絵本を手に取って母親の仕事机にそっと置いた。

裏表紙が上になるように。


するとき月の向こうからふうわりと風が吹いてきました。

ふうわり。ふうわり。やさしい風です。

やがて空からすとんと何かが落ちてきます。

それは羽のおふとんでした。

ほかほかとあたたかい羽のおふとんは言いました。

ただいま。

かあかあ。かあさんの声でした。

おかえり。

かあかあ。かあ太は笑います。

かあかあ。かあさんの声は言いました。

今泣いたカラスがもう笑った。


倉橋家を辞し、美月はホームセンターに立ち寄って包丁とまな板と鍋とフライパンを、隣接するスーパーで牛乳と生クリームとバターを購入した。野菜はとびきり美味しいものが家にある。今日の午前中、実家から宅配便が届いたのだった。

大きな段ボール箱にはお餅と白味噌と野菜がぎっしり詰まっていた。ほうれん草、里芋、カボチャ、玉ねぎ、ジャガイモ、れんこん。少々不恰好だが、どれもずしりと重く、豊かな土の匂いがした。

ひとりでもちゃんとお雑煮を食べなさい。煮物くらい作って食べなさい。

そんな母の声が聞こえてくるようだった。

美月は箱の中からジャガイモと玉ねぎとカボチャを手に取ると、アパートの小さなキッチンに立った。

佳奈さんの包丁のように高級ではないけれど、小ぶりなステンレスの包丁は軽くて使いやすそうだ。先ずは、ジャガイモとカボチャを小さく切って茹でる。その間に玉ねぎを刻み、バターをひいたフライパンで焦がさないように炒める。食べ物の匂いと熱が、冷ややかでよそよそしかったキッチンを親密で温かい場所に変えていくのがわかった。

ひとつひとつの工程を丁寧に。自分のために心をこめて料理をする。

つらい記憶と向き合い、悠太がひとりでパンケーキの絵を完成させたように。

美月も凍りついた時計の針を少しずつ動かしていく。

ひとしきり泣いた後、理穂が『かあかあ、かあさん』の絵本を大好きと言ったように。

美月も今の自分を受け入れていく。

茹で上がったジャガイモとカボチャを濾し、炒めた玉ねぎと混ぜて牛乳と生クリームでのばし、味付けをする。ミキサーはないから、イブの日に作った佳奈さんのスープを完全に再現することはできない。

でも、それでいいじゃないかと美月は思う。

佳奈さんが『月のスープのつくりかた』で書いていた通り、心の中にあるものはみんな違う。だから「月のスープ」だって無数にあっていい。

今、はっきりとわかった。

私はあの家が嫌いだったのではなく、あの家で縮こまっていた卑屈な自分自身が嫌いだったのだ。

自分を嫌いになればなるほどあの家で私の居場所はなくなっていく。

だから私は逃げ出すしかなかったのだ。

あの家から。大嫌いな自分から――

小さなテーブルに置かれたクリームイエローのスープ。

スプーンで掬って口に入れる。舌の上で玉ねぎとジャガイモとカボチャの粒が主張し合う、あまりなめらかではない月のスープ。でも、太陽と雨と風と土と、そして母の思いと、色々なものが凝縮された甘く豊かな味だ。

上手にできなくてもいい。

見た目が多少悪くてもいい。

私は私のスープを作ろう。

十二月三十一日。

美月は俊平の帰省に合わせて高坂家へ赴いた。

むろん俊平には連絡してあるが、恐らく鏡子は大晦日に美月が来るのを嫌がっているだろう。忙しいのに、と眉をひそめる顔と美しいアイランドキッチンに所狭しと置かれたおせち料理用の野菜が目に浮かび、鳩尾の辺りがきゅっと縮む。

大丈夫だよ。

耳元で優しい声がした。右手に残る自信と温みを確かめてから、美月は大きなドアの前に立つ。

水に顔をつける前のように大きく息を吸い込み、インターホンを押す。抑揚のない俊平の声がしたと思ったら、すぐにドアが開いた。

ただいま。ご無沙汰しています。ご迷惑をおかけしました。どれもしっくり来ないので美月は無言で深々と頭を下げる。上がれよ、と感情のこもらない声が上から降ってきた。

コートを脱いで居間に入ると、革張りのソファには渋い表情の啓吾と眉間に深い皺を刻んだ鏡子が座っていた。煮物に使うのだろう。部屋中にかつお出汁の匂いが漂っている。久しぶりの婚家の居間は少しも変わっていないけれど、初めて訪ねた日よりもよそよそしく感じられる。ここで十ヶ月も過ごしたことが嘘のようだった。

とりあえず座ったら、とスツールを指し示す俊平には構わず、美月は正座し、床に両手をついた。体を深く折り、額を両手に押しつける。

「勝手に家を出て申し訳ありませんでした」

高く打つ鼓動に合わせて数を数える。五つ数えたところでゆっくりと顔を上げ、義父母を真っ直ぐに見つめた。自分の非はきちんと詫びるけれど卑屈には決してなるまい。そのためには相手から絶対に視線を外さないようにする。ここに来るまでの間、そう心に決めていた。

「半年以上も家を空けて、よくいけしゃあしゃあと戻ってこられたわね」

眉間に皺を刻んだまま鏡子は吐き捨てた。

「戻ってきたんじゃありません」

数秒の間が空いた。

美月は大きく息を吸い込むと一気に後を続けた。

「きちんと離婚をするためにご挨拶に伺いました。私はどうしたってこの家には合いません」

鏡子の目が大きく見開かれ、顔が真っ赤になった。

「そりゃそうでしょう。あなたみたいな粗野な田舎者、こちらから願い下げよ。だから言ったじゃないの、俊ちゃん。こんな子とはとっとと別れなさいって」

この家に自分は合わないという美月の言葉が逆鱗《げきりん》に触れたのだろう。あんなに色々と教えてやったのに、と鏡子は唇をわななかせると、これでもかというくらい美月の悪口を並べ立てていく。

料理のことから始まって、食器の仕舞い方、生ゴミの捨て方などキッチンに関わることだけでなく、洗濯物の干し方や掃除の仕方にまで延々それは及んだ。よくもまあ、それだけ人を悪く言えるものだと、むしろ感心しながら美月は鏡子のよく動く唇を見つめた。罵詈《ばり》雑言《ぞうごん》を吐き出す彼女は恐ろしくはなかったが、眉間の皺や歪んだ唇を見ていることは少しつらかった。

他人を必要以上に貶めることで自分の正しさを誇示する。どこの世界にも存在する、安易でかつ卑怯《ひきょう》な手段。自分が正しいことは自らの努力で示すべきなのに多くの人はそれをしない。ひたすら他人を下げて自分を上げようとする。

だが、裏を返せば、それは自分に自信がないからではないか。そんなふうに思うと、美月をこきおろす鏡子の姿は哀れで痛々しくさえあった。

もうその辺でいいじゃないか、という啓吾の制止で鏡子はようやく口を閉ざしたが、まだ怒りのこもった目で美月を睨みつけていた。

「俊平も、もういいだろう」

淡々と息子を諭す啓吾は物わかりがいいようで、実はこの場を早く収拾したいだけなのだと美月は思った。彼はいつも穏やかだった。だが、それは優しいのではなく、むしろ冷たいからだ。鏡子の暴走を止めることもしないし、美月を攻撃しない代わりに庇うこともしない。その姿は俊平とよく似ていた。

三人が三人とも自分のことしか見ていない。家族なのに互いに深く関わろうとしていない。

満ち足りて暖かく見えた場所は、中に入ってみればがらんどうで冷え冷えとしていた。なぜ最初に来たときに気づかなかったのだろう。美月はそっと唇を噛む。

母親の剣幕に臆したのか、それとも美月の強い意志を感じ取ったのかはわからないが、俊平は素直に離婚届に判を押し、証人はそっちで適当に頼んでくれ、と半ば投げるようにして寄越した。

「荷物はどうする？」

平板な口調で訊く俊平に、

「申し訳ありませんが、全て処分してください」

と美月は極力柔らかな口調で頼んだ。荷物と言っても自分でボーナスをはたいて買った、あるいは俊平に買ってもらったブランド物のバッグや洋服だ。そんなものがなくても、この八ヶ月間、少しも困らなかった。今着ているカラス色のスーツと下着と少しの普段着。それだけで充分に暮らしていけた。

「色々とご迷惑をおかけしました」

再び床に手をつき、頭を下げた美月に向かって、

「本当に迷惑。これだから田舎者は嫌ね」

鏡子が鋭い語気で捨て台詞を吐いた。

ええ、私は田舎者です、と美月は顔を上げて胸を反らす。

唇を歪めたまま鏡子はどこか間の抜けた顔をしてこちらを見ていた。俊平も啓吾もぽかんとしている。自尊心が強いだけで中身はたいしたことがない。自分はどうしてこの人たちをあんなに怖いと思っていたのだろうか。

目を逸らさずにきっぱりと告げる。

「でも、田舎は空も水も綺麗です。だから、そこで育った野菜はものすごく甘くて美味しいんです」

失礼しますと立ち上がり、高坂家の居間を後にした。鏡子のキイキイ声とそれをなだめる啓吾の声を遠くに聞きながら美月は靴を履いた。

外に出ると師走の冷たい風が頬に吹きつけた。

パパ、と無邪気な声がした。幼い男の子を連れた若い夫婦がこちらへ向かって歩いてくる。冬の透明な光の中で笑い合う家族はきらきらと輝いて見えた。そんな幸せそうな光景を見て、肩をすぼめていた自分はもういない。

ゆっくりと仰ぎ見れば冬晴れの空は青く澄み渡っている。

今日はどこにいても星が綺麗に見えそうだ。

——美月だったら、どんなおまじないが欲しい？

保留になっている回答を北條にようやく伝えられる。

仄かな温みが残る右手をそっとコートのポケットへ入れると、美月は駅へ向かって風の中を歩き出した。

十九

二月三日。

合格発表の日は前日の雪が嘘のように朝から晴れていた。

緩やかな坂道は一面雪で覆われ、ガードレールで仕切られた歩道だけ、黒いアスファルトが僅かに透けて見える。スノーブーツを履いているが気を抜くと滑りそうだ。

あちこちで飛び跳ねる光の欠片に目を細めながら、美月はたくさんの足で踏み固められた雪道を慎重に歩いた。家々の前で小気味よく鳴る雪かきの音が背中を押してくれる。

息を弾ませながら校門をくぐると、

「先生！」

聞き慣れた朗らかな声がした。鮮やかな青色のコートを着た理穂が駆けてくる。校内は綺麗に雪かきがされていて、スノーブーツを履いている理穂の足元は危なげない。長かった髪は肩にかかるくらいに切り揃えられていた。

「合格しました」

ありがとうございました、と頰を紅潮させた理穂は勢いよく頭を下げた。早春の陽を纏ったつややかな髪が肩の辺りで元気に跳ねる。いつもの林檎シャンプーの匂いがふわりと漂った。

「よかった。本当におめでとう」

「先生のお蔭です」

「私は何もしてないよ。理穂ちゃんの頑張りの結果」

瞼の裏に熱く盛り上がるものを抑えながら美月が言うと、

「ううん、先生あたしに言ったよ。〝絶対に私があなたを合格させてあげる〟って」

と理穂は笑った。

確かにそう言った。あの時は〝はったり〟ではないと断言したけれど、大いなる〝はったり〟だ。でも結果オーライだからよしとしよう。

「これからだからね。勉強は大変になるし、美術部にも入るんでしょう」

「どうして美術部に入るってわかったの？」

「当たり前じゃない。私を誰だと思ってるの。あなたの〝カテキョー〟よ」

美月は腰に手を当てて胸を反らした。理穂はくすりと笑った後、

「あたし、悠太ほど絵が上手じゃないけど、頑張ってみる」

描いてみたいものがたくさんあるから、と陽を跳ね返す白い校舎を見て眩しそうに目を細めた。

「うん」美月が大きく頷くと、

「そういう先生はお料理ができるようになった？」

と理穂は顔を近づけて囁くような声で訊く。

パンケーキの絵を見せてもらった日、佳奈さんのレシピを写させて欲しいと理穂に頼んだのだった。包丁を握っても背筋も手も震えなくなったし、冷たい汗もかかなく

なった。玉ねぎのみじん切りだってゆっくりやれば怖くない。

「お母さんのレシピのお蔭で随分上手になったわよ。今度はハンバーグを作りに行くね。ちゃんと玉ねぎ入りのジューシーなやつ」

「期待しないで待ってるね」

理穂は悪戯っぽく目をたわめると、まるで年上の友人のように美月の肩を叩いた。

「理穂！」

早春の澄んだ空気を震わせたのは洸一の声だ。

先生のお蔭です。いやいや理穂さんの頑張りの賜物《たまもの》です。そんな言葉を交わして、大人の会話が終わると、

「お父さん、ごめん。ちょっと先に行ってて」

と理穂は父親の背をそっと押し出した。洸一は美月に会釈をするとふたりの傍をゆっくりと離れる。

理穂は美月に向き直り、右手をすっと差し出した。

ほっそりした手が泣きたいほど懐かしく思える。

ああ、この手は佳奈さんの手にそっくりなのだろう。優しくて温かくて、料理をするのが楽しくて楽しくて仕方ない、そんな愛情豊かな手だ。

すると美月は大きな思い違いをしていたことに気づいた。

ポークジンジャーも、お助けカレーも、まんまるハンバーグも、お酒のシャワーを浴びた唐揚げも。そして月のスープも。これからこの手で何度も作られる。

そう、佳奈さんの手は消えることなく生き続けるんだ。

あの家の温かく清潔なキッチンで。家族とともに。

美月は早春の光の中で美しく輝く手を取った。その手が美月の手をぎゅっと握り返してくれた。

ありがとう、と美月が言いかけたとき、理穂はにっこり微笑むと手を離した。コートのポケットから四つ折りにした画用紙を取り出し、美月へ渡す。

「悠太とあたしから」

澄んだ声とともに青色のコートがふわりと翻った。雪の除けられた道を理穂はしなやかに駆けて行き、入学書類をもらうのだろう、入り口で待っていた父親と一緒に校舎の中へ姿を消した。

美月は人の波に押されないように校門の端へと移動し、画用紙をそっと開く。

柔らかな色のクレヨン画だった。

倉橋家の居間。高窓には青みを帯びた巨大な月が描かれている。

大きなテーブルには湯気の立ったクリームイエローのスープ。

その周りを囲むようにして三人が立っている。白いニットの理穂と赤いトレーナーの悠太。カラス色のスカートの女は美月だ。

そして、余白には理穂の端正な文字が綴られていた。


月のスープのつくりかた。

好きなものを好きなだけ入れましょう。

心の中でおまじないを唱えましょう。

どうしてもおまじないが思いつかないって？

しょうがない。

あなただけにとっておきのおまじないを教えましょう。

このひとことを唱えれば。

とびっきり美味しいスープのできあがり。


だいすき！

姉弟合作の万能レシピ。

簡単で、誰もが知っている。けれど、とても美しいおまじない。

明るい月をなぞると指先がほんのりと温かくなる。嬉しくなる。笑みが浮かぶ。

美月は画用紙を丁寧に畳み鞄へ仕舞った。

校門の外へ出ると柔らかい風が頬を撫で、甘い梅の香が鼻をかすめた。はっとして仰ぎ見れば理穂のコートに似た青色の空が広がっていた。澄んだ空を渡る風は知らぬ間にまろみを帯び、花の香だけでなく甘い土の匂いも含んでいる。理穂が新しい制服に袖を通す頃は桜が満開だ。

そうだ。先ずは「サクラサク」の報告を北條にしなくてはと、美月が携帯電話を取り出そうとしたときだ。

誰かに呼ばれた。

いや、何かに背中を押されたような気がした。

振り返ったが、校門から続々と出てくる人々の中に洸一と理穂の姿はない。知っている顔もいない。

不思議な思いで美月は自分の手を見る。握り込んだ手の中に何かがあるような気がしてじっと見つめる。仄かに残る理穂の手の温みを感じたとき、月のスープを作った日の感覚がありありと甦った。

料理をしたい。美味しいものをたくさん作りたい。〝手〟は今にも動き出しそうなうずうずした表情をしている。

頬が自然と緩んだ。青空に向かって大きな声で笑い出したい気分になった。

背中を押したのは、他でもない、この〝手〟だったのだ。

不器用で失敗ばかりで、まだほんの少しだけ自信がなさそうで。

けれど、この上なく愛おしい。

美月は自分の手をぎゅっと握りしめる。痛いくらいに強く握りしめる。

手だけではない。自分の全てを思い切り抱きしめ、めちゃくちゃに撫でて、頬ずりしてやりたいような気持ちになる。

だいすき、と叫びたくなる。

――幸せってさ、案外簡単でしょ。

悪戯っぽい声が鼓膜の奥で鮮やかに甦った。

美月は鞄から携帯電話を取り出した。強く握り過ぎてじんじんする指先で画面をスクロールし、発信ボタンに触れる。血液が勢いよく指先へ流れていくのを感じると、作りたいもの、食べたいもの、食べて欲しいものが次々と思い浮かんだ。

美月は胸の中でとっておきのおまじないを唱える。
早春の陽が当たる雪の坂道を受験生親子に交じって歩き始めたとき。
聞き慣れた優しい声が電話から響いた。

―――本書のプロフィール―――

本書は、第1回日本おいしい小説大賞応募作「月のスープのつくりかた」を加筆・修正したものです。

小学館文庫

月《つき》のスープのつくりかた

著者　麻宮《あさみや》好《こう》

二〇二〇年九月十三日　初版第一刷発行

発行人　飯田昌宏
発行所　株式会社 小学館
〒一〇一-八〇〇一
東京都千代田区一ツ橋二-三-一
電話　編集〇三-三二三〇-五九五九
　　　販売〇三-五二八一-三五五五
印刷所――大日本印刷株式会社

この文庫の詳しい内容はインターネットで24時間ご覧になれます。
小学館公式ホームページ　https://www.shogakukan.co.jp

ISBN978-4-09-406814-6